EL RELAT DE GÜNTER PSARRIS

Albert Salvadó

Dedicat a totes les dones i a tots els homes de bona voluntat

ISBN: 978-99920-1-918-4
Dipòsit legal: AND.192-2012

©*Albert Salvadó* ®
www.albertsalvado.com

Disseny portada: Sarabia Photo

ÍNDEX

EL NAZI...4

1.- LES DUES DECISIONS.......................................21

2.- KRISTALLNACHT...26

3.- EL REICH DELS MIL ANYS.................................53

4.- VIENA...79

5.- JOHANNES HULMMER..94

6.- UN FET INSÒLIT..105

7.- L'OLOR DE LA MORT..127

8.- GUIMU..146

9.- LA IMMENSA SOLEDAT.....................................165

10.- EL PREU DE LA LLIBERTAT.............................186

11.- BLANC I VERMELL..197

12.- VERMELL I NEGRE..213

13.- ELS ÚLTIMS DIES DE VIENA...........................231

14.- EL FINAL DEL CAMÍ..243

EPÍLEG...253

ALTRES OBRES D'ALBERT SALVADÓ......................257

EL NAZI

A primera hora del matí, a començaments de novembre, a Martinet, el termòmetre baixa sensiblement. Aquell dia s'havia aixecat una lleugera boira i el riu Segre s'omplia després de l'estiu i amb les pluges de la tardor, mentre el sol encara trigaria a escalfar el vianant que a primera hora, quan l'astre rei encara no s'ha llevat, camina de pressa pel carrer. Només els cotxes que travessen la població recorden que és un poble viu, que tornarà a la vida després d'una nit que, a mesura que s'atansa el solstici d'hivern, cada cop és més llarga.

El Seat Ibiza va deixar enrere Can Boix i va disminuir la velocitat quan el conductor ja s'ensumava la presència del semàfor, aquell guàrdia metàl·lic que atura tots els vehicles, sense cap excepció, per recordar-los que entren a una població i que han de conduir amb prudència. Immediatament després del semàfor el vehicle va tombar a la dreta, i allà va aparcar. Martinet és un poble travessat per la carretera, on els cotxes s'aturen per comprar una coca que ja és famosa. Tanmateix, ho fan quan les botigues ja han obert, i a aquella hora tot era tancat i barrat.

El doctor Alzina, un home de gairebé cinquanta anys, moreno, mig calb i amb ulleres, va sortir del cotxe i mirà les dues persones que es trobaven unes passes més enllà.

Josep Bringué l'esperava en companyia de la seva esposa, la Maria, la dona que regenta la petita botiga de queviures que hi ha a la carretera general, a prop de l'oficina de La Caixa. És un home fort, amb aspecte saludable i unes galtes vermelles.

—Arribes tard, metge —van ser les primeres paraules que va escoltar el doctor.

Ell i en Josep es coneixen de fa anys. Per això en Josep el tracta amb tanta familiaritat.

—Bon dia, doctor —va saludar la Maria.

—Bon dia, Maria —respongué el doctor Alzina. A Josep ni se l'havia mirat. Llavors sí que dirigí un esguard a Josep, que té, si fa no fa, la mateixa edat que ell, i que vestia una caçadora ben calenta—. No sóc l'últim d'arribar —es queixà de la rebuda.

—No poc! —exclamà Josep—. L'empresari ja ha arribat.

—Ah, sí? I on és?

—Ha anat a canviar el suc de les olives. Mira que sempre t'ho dic. Els rovellons no esperen. N'és molta, la gent que puja a caçar-ne.

En aquell instant va aparèixer un home. Duia un anorac i una gorra, guants a les mans i unes bones botes als peus. Tot plegat de bona marca, propi de l'home de ciutat que gaudeix de bona posició i que visita la muntanya. Quaranta anys, d'un metre setanta, amb el cabell castany, ben tallat i amb fils platejats a les temples que el fan interessant als ulls de les dones.

—Et presento el metge —va fer Josep, tot dirigint-se cap a l'home que acabava d'arribar.

—Encantat —va oferir la seva mà aquell home, després d'alliberar-la del guant.

—Aquest és l'empresari —seguí les presentacions Josep.

Ell mai no diu a la gent pel nom. Per a ell són el fuster, l'empresari, el metge, el mossèn,... Tot plegat, més senzill.

—Salvador Alzina —va dir el metge, mentre estrenyia la mà del nouvingut.

—Lluís Cadena —somrigué l'altre—. En Josep me n'ha parlat molt, de vostè. Diu que és un bon boletaire.

—De tu, si us plau —li tornà el somrís el metge.

—Què? Anem per feina o ens quedem aquí una estona petant la xerrada? —tallà Josep la conversa, desesperat.

No li agrada perdre el temps i, com diu sovint, els rovellons no esperen. El metge ja el coneix i no li fa cas. Sempre protesta per tot, però és un bon home. Si algun dia has de menester un favor, ell serà el primer d'oferir-se.

—No t'oblidis de donar l'oli a en Guimu —va dir Maria.

—Que no! —va fer Josep, arrossegant les síl·labes.

Les dones... Sempre les dones! Tot ho han de controlar, tot ho han de remenar, tot ho han de recordar cinquanta cops. Ni que fóssim idiotes!

—Et conec molt bé —l'amenaçà Maria, aixecant el dit índex, com si hagués pogut escoltar els seus pensaments. Llavors es mirà el doctor Alzina—. Vigilarà vostè que li doni l'oli...?

Malgrat que es coneixen de fa temps, Maria sempre ha tractat de vostè el metge, i el doctor Alzina ja ha desistit de demanar-li que el tutegi. No hi ha res a fer. Això de ser metge imposa un cert respecte i Maria és més jove que el seu marit. Deu anys, pel capbaix. També bona dona.

—Sí, dona! —féu Josep, i es dirigí cap al Nissan. No pagava la pena seguir allà.

—No t'amoïnis que ja me n'encarregaré jo, que ho faci —somrigué el doctor Alzina.

—Au, va, home! Que ja fem tard —gairebé cridà Josep.

—Si més no, deixa que agafi la cistella —es queixà el metge.

Josep va bufar amb força i el doctor Alzina es dirigí a l'Ibiza, prengué la cistella i el bastó i tornà de seguida.

Els tres homes van pujar al Nissan i Maria va esperar fins que enfilaren la carretera, camí de Bellver. Llavors se'n tornà, cap a casa, per preparar l'esmorzar del nen. D'aquí poc l'aixecarà per anar a escola i després obrirà la botiga, com cada dia.

Dins del Nissan el metge i l'empresari parlaven, mentre Josep romania en silenci. «Ara s'explicaran la vida», pensava. I ell ja les coneix, ambdues vides. El doctor Alzina fa quinze anys que passa consulta a la Seu d'Urgell. Un home molt conegut pels feligresos de la parròquia, com diu Josep, i estimat. «No és un bon any de rovellons», va moure el cap a cantó i cantó. No havia plogut quan ho havia de fer i el bosc estava sec, encara que els darrers dies havia caigut un bon parell de ruixats. Però no n'hi ha prou. Si la natura no fa el que ha de fer, malament! Com havia sentit a dir: «Déu perdona sempre, els homes de vegades, però la natura mai». I la temporada ja s'acaba, perquè el fred ja arriba. Tanmateix, alguna cosa hi trobarien. Podien haver anat cap al sud, cap a la serralada del Cadí, però ell s'havia estimat més cercar un altre indret que coneixia cap als Pirineus. Allà no hi hauria tanta gent i per l'hora que era... Els metges sembla que mai no tenen pressa. I després t'esbronquen perquè no has anat a veure'ls quan hi havies d'haver anat.

Al Lluís Cadena el coneix perquè aquest home té una casa a Puigcerdà i ell li ha arreglat moltes coses, perquè Josep fa de constructor a hores perdudes. De mica en mica van anar agafant confiança, fins que un dia Josep el va convidar a caçar rovellons. Josep, malgrat el seu caràcter, que sembla esquerp, fa amistats de seguida. Sembla un contrasentit, però és així.

Ara, l'empresari explicava al metge que ocupa el lloc de gerent d'una empresa de material per automòbils, a prop de Martorell. Treballa sobretot per a la Seat. Abans estava a Barcelona, però quan la Volkswagen va comprar l'empresa espanyola, va haver de prendre decisions per suggeriment de la mateixa Seat. Calia rebaixar costos. Aquestes eren les noves consignes. De manera que va buscar uns terrenys a Martorell i va fer una important inversió per tal de modernitzar tota la producció i estalviar-se bona part del transport. Està separat de la seva esposa. «Són coses que passen», va dir. I Josep va assentir en silenci.

—*Sprechen sie Deutsch*? (parla vostè alemany?) —va fer de sobte el metge.

—*Jawohl!* (sí, senyor!) —respongué Lluís.

—Voleu parlar com Déu mana! —es queixà Josep —. No perds mai ocasió per demostrar que vas estudiar amb els caps quadrats —es dirigí al doctor Alzina.

—Va estudiar a Alemanya?

—Al col·legi alemany de Barcelona.

Sí, sí. Josep ja coneix la història, i va agafar el trencall de Prullans per dirigir-se a Ardòvol. Allà deixarien el Nissan i pujarien a peu cap al nord-est. Hauria pogut arribar a Bellver i tombar cap a Talltendre, que resulta més fàcil per caminar, però anaven curts de temps per culpa del metge. De manera que el faria bufar una estona. «No dius que això de fer muntanya i bosc és molt sa? Doncs, faràs salut!», va exclamar al seu interior.

—Portes navalla? —va preguntar Josep a l'empresari, quan havia aturat el Nissan i es disposaven per sortir.

—Que la necessito?

—Collons, els de ciutat! —va fer Josep. Ell és així. Parla tal com raja—. No em diguis que no has anat mai a caçar rovellons!

—Doncs, no. No he anat mai a collir rovellons.

—Els rovellons no es cullen. Es cacen —corregí Josep. Va remenar dins la guantera i li'n va passar una, de navalla—. Sou vosaltres, els que foteu malbé el bosc. El rovelló s'ha de tallar, no pas arrencar. Per això no és cull, sinó que es caça —repetí.

El doctor Alzina va somriure. Sí, Josep té un caràcter esquerp. Sort que és una gran persona. En cas contrari, es quedaria més sol que un mussol.

Els camacos i els pixa-pins solen ser bastant passerells, en això de la muntanya. L'empresari tampoc no duia ni bastó ni cistell. Havia pres un parell de bosses de plàstic que van tornar a aixecar les protestes de Josep, quan les va veure.

—Té, un cistell —va fer, agafant un dels que duia al darrere—. Si vas amb una bossa els aixafaràs tots. Suposo que, si més no, saps caminar.

—Què? Avui t'has llevat de tort? —rigué el doctor Alzina.

—Cony! Que quan vas a muntanya, has d'anar preparat! —exclamà Josep, mentre tancava el Nissan.

Poc després els tres homes enfilaven el camí que grimpava muntanya amunt. Josep obria la marxa, l'empresari el seguia i el metge tancava la comitiva.

No haurien fet ni dues-centes passes, que el doctor Alzina va preguntar:

—Ja portes l'oli pel Guimu?

—Merda! —va fer Josep, i s'aturà de patac. Va mirar cap al Nissan. Sort que no era gaire lluny!—. Seguiu amunt, que ja us ataparé —digué, i baixà pel prat en direcció al vehicle.

El doctor Alzina respirà fondo. Josep deixa anar una paraulota cada cop que obre la boca. Això forma part d'ell, de la mateixa manera que els arbres formen part del bosc. Va mirar cap amunt, cap als pins que es veien més enllà. Josep els atraparia de seguida.

—Qui és Guimu? —demanà Lluís, quan ja havien començat a caminar de nou. Feia estona que hi pensava, en aquell home que tothom esmentava. Ara anaven l'un al costat de l'altre i no duien el ritme que els imposava Josep.

—Un personatge curiós —somrigué el doctor Alzina—. És un home gran, molt gran, que viu dalt de tot de la muntanya. Deu tenir més anys que Matusalem, i viu tot sol en una cabana que ell mateix s'ha construït.

—I de què viu?

—Cobra una petita pensió, perquè va ser pastor. Un pastor molt especial. Expliquen que va aparèixer un bon dia, a mitjan anys quaranta, tot just cap al final de la Segona Guerra Mundial, i aquí es va quedar.

—No és d'aquestes terres?

—No —negà el metge—. I ningú no sap d'on és ni d'on va venir. El va trobar un pastor, mig mort de fred, dalt de la muntanya. Anava perdut i no parlava la nostra llengua.

—I com és que s'hi va quedar?

—Una història divertida. La guàrdia civil el va detenir, però només durant un parell de dies. Es veu que Guimu s'havia fet molt amic del mossèn, que, només conèixer la notícia, va parlar amb el bisbe de la Seu d'Urgell. Ja saps que, en aquella època, l'Església tenia molta mà. Ningú no ha sabut mai què li devia de dir aquell mossèn, al bisbe, però el cert és que el governador militar de Lleida va fer una trucada a la guàrdia civil i els va ordenar que el deixessin en pau. No feia cap mal a ningú i es passava el dia contemplant les muntanyes i ajudant el pastor que l'havia trobat. De manera que des d'aleshores ha viscut en aquestes contrades i ningú no l'ha molestat. El més curiós de tot és que és un home instruït. D'això no en tinc cap dubte. Parla català i castellà com tu i com jo i l'hem vist força sovint llegint llibres.

—Quin nom és Guimu?

—Doncs, Guimu. Ja t'he dit que és un cas força especial.

Lluís anava a fer una nova pregunta, però en aquell moment se'ls va aplegar Josep.

—Si gairebé no us heu mogut de lloc! —exclamà.

—El Lluís m'estava preguntant per Guimu. Potser tu saps per què li diuen així —digué el metge.

—Sempre li hem dit així —s'estranyà Josep.

—Però, és nom o cognom? —demanà Lluís.

—I jo què sé! —alçà les espatlles Josep—. Cada més La Caixa rep una pensió a nom de Guimu, i ningú no fa preguntes. Ni la Seguretat Social.

—Sou ben estranys, a Martinet —féu Lluís—. No us pica la curiositat?

—No —negà amb el cap Josep, com si qualsevol altra resposta fos absurda—. No fa cap mal a ningú. I jo, des que tinc ús de raó, sempre l'he vist igual. És Guimu, el pastor. Ja n'hi ha prou. Què més vols saber?

—Doncs, d'on va venir, per exemple.

—I quan ho sàpigues, què faràs? Seràs més feliç? —mogué Josep el cap a dreta i esquerra, i va fer petar la llengua—. Els de ciutat! —exclamà, i seguí caminant.

El camí es tornà més pendent i Lluís va començar a bufar de valent. Llavor, Josep va treure la navalla, va prendre una branca, la va pelar de fulles i la hi va passar.

—Veus per a què serveix un navalla? I ara sabràs per a què serveix un bastó.

Portaven ben bé una hora caminant pel bosc, però Josep no s'aturava i Lluís ja havia demanat tres cops on eren els rovellons.

—Si no plou quan ha de ploure, els rovellons s'amaguen i cal anar més lluny —digué el metge—. Però, ja en trobarem. I, si no, li ho podem preguntar a Guimu.

—Falta molt per arribar a la cabana d'aquest pastor? —preguntà Lluís, esbufegant.

—Ja som a prop. Allà podràs descansar una mica.

Poc després, aparegué una clariana. En el bell mig hi havia una cabana rústega, construïda amb pedres i fang. No es veia ningú a la vora.

—Potser Guimu ja fa estona que s'ha llevat i se n'ha anat a fer la nostra feina. No, si ja ho deia jo, que no es pot venir amb un metge que se li enganxen els llençols —es queixà Josep.

—Segur que és dins —respongué el doctor Alzina, amb la cantarella que empres quan vols fer callar algú, quan li dius que ja n'hi ha prou, de remugar.

Van arribar a la porta de fusta vella. Lluís va veure que no tenia pany.

—Guimu! —cridà Josep. Però no va rebre cap resposta.

Empenyé la fusta i la claror del matí es colà pel forat.

Entrà amb timidesa. Darrere de la porta oberta hi havia un llit. I allà el va descobrir.

—Guimu —repetí Josep, aquest cop més fluix.

Es va atansar fins aquell cos, per despertar-lo, i li va tocar el braç.

El doctor Alzina, en veure la cara que feia Josep, va entrar-hi. Guimu estava al llit, amb l'esquena mig recolzada a la paret, com si descansés. S'hi va atansar i li va prendre el pols.

—És mort? —escoltaren la veu de Lluís, amb timidesa, que també havia entrat a la cabana.

—Sí —va fer el doctor Alzina—. Pobre! Jo diria que no fa ni una hora que ha mort.

—Veus? —mogué Josep el cap a dreta i esquerra —. Si haguessis arribat quan ho havies d'haver fet, potser l'hauríem pogut ajudar.

—I si tu no haguessis oblidat l'oli i si el sol hagués sortit més aviat i si ell hagués tingut l'atac més tard i si el món fos quadrat... —li contestà el metge, empipat—. Quan t'arriba l'hora... —negà amb lents moviments, i féu petar la llengua.

—De què ha mort? —demanà Lluís.

—De què mor un home tan gran com ell? El cor diu que ja en té prou i aquí s'acaba tot.

—Pobre! Aquí tot sol. Deu haver patit —va fer Josep.

—Jo diria que no. Guaita. Fins i tot somriu. Per mi que se l'ha vista a venir, s'ha estirat tranquil·lament, tal com era ell, i s'ha apagat com una espelma —explicà el doctor Alzina.

—Hem d'avisar el metge —va fer Josep, i el doctor Alzina se'l va mirar—. Vull dir que hem d'avisar algú —corregí.

—En aquests casos, quan ha mort sense que no hi hagués ningú present, cal avisar la policia —digué el doctor Alzina—. Algú porta mòbil?

—Jo en porto —va dir Lluís, i va treure el telèfon de la butxaca. Va intentar connectar-lo, però no va poder —. M'he quedat sense bateria —es disculpà.

—Jo no en porto mai —va dir Josep.

—I jo, amb les presses que m'has futut tu, tros de tanoca, me l'he deixat al cotxe —va fer el metge, mirant Josep—. Algú haurà de baixar i avisar, i tu tens tots els números. Coneixes millor que ningú aquestes contrades i jo sóc el metge i m'hi haig de quedar.

—Sí, jo aniré més ràpid —afirmà Josep.

—Ja no hi ha presa —somrigué amb tristor el metge.

—Volia preguntar-li sobre el seu passat, però ara no podré —va dir Lluís.

—Tant t'interessava?

—Era pura curiositat. És deformació professional o, potser, sempre he estat un tafaner —respongué, i s'atansà al cos de l'infortunat, mentre els altres dos sortien de la cabana.

Lluís mai no ha vist ningú que morís d'una forma tan natural. Tots els que ha vist morir (no gaires), ho havien fet per causa d'un accident o després d'una malaltia que els deixava fets un nyap. Tanmateix, aquell home semblava haver mort feliç. I això el sobtava. De manera que el contemplà.

Llavors va veure alguna cosa al costat de la paret. Semblava com si abans de morir el pastor hagués estat mirant una fotografia i que, en tancar els ulls, se li havia escapat de les mans. La va agafar i l'examinà durant uns moments. Com no podia distingir-la clarament, s'apropà a la porta de la cabana i l'exposà a la llum del dia.

El doctor Alzina donava les darreres instruccions a Josep i va veure de cua d'ull que Lluís entrava esperitat a la cabana.

—Què deu haver trobat? —s'estranyà, i els dos homes es dirigiren cap allà.

Només entrar-hi van descobrir que Lluís estava plantat davant del cadàver i posava cara de babau.

—Òstia! —va fer Lluís, en adonar-se de la presència del metge i de Josep, que es posaren al seu costat—.Guimu era un nazi! —cridà Lluís, amb uns ulls com a taronges, mentre els passava la fotografia.

—Què dius, ara? —s'exclamà el doctor Alzina.

—Guaita! —assenyalà el rostre d'un dels dos homes que apareixien a la fotografia, vestits amb l'uniforme de les SS—. No em diguis que no és ell!

El doctor Alzina va examinar amb atenció la fotografia.

—S'assemblen. No ho puc negar —va dir—. Però és una fotografia molt vella i ens podem equivocar.

Josep va prendre la fotografia i la comparà amb el rostre de Guimu. De sobte va descobrir la cicatriu que hi havia sota l'ull esquerre de l'home que apareixia vestit amb l'uniforme de les SS.

—Mare de Déu! —es quedà astorat—. I tant que ho és!

—Això explicaria per què els franquistes el van deixar viure aquí, sense tocar-li els pebrots —digué Lluís.

—No pot ser —negava Josep—. És impossible! Un home com ell, tant amable amb tothom... —va dir, mentre tombava la fotografia—. Què hi diu aquí? —va assenyalar les paraules escrites al darrere.

El doctor Alzina la hi va prendre i l'exposà a la llum del dia. Les lletres estaven mig esborrades.

—Per al meu amic i company Ludwig Jurgens —va traduir—. Està signat per un tal sergent Rudi Hassestein.

—No m'ho puc creure —seguia negant Josep.

—Què no ho veus? —va fer Lluís—. El sergent és l'altre i ell és el soldat de la foto. No hi ha dubte —Llavors mirà el cadàver amb odi—. Si no fos mort, li trencaria el cap.

—Però és mort i l'hem de respectar —digué el metge.

—Respectar? A un malparit fill de puta com aquest?

—No t'ha fet res —digué Josep.

—Tinc un nebot, el fill d'una germana meva, que fa set anys va ser atacat per cinc cap-rapats. Ha quedat paraplègic. Comprens? —explicà Lluís—. Van trigar més d'un any a jutjar-los i ells es van presentar davant del tribunal ben vestits, amb camisa i corbata i amb el cabell que els havia crescut. El seu advocat va ser molt hàbil i va aconseguir que tres quedessin lliures de càrrecs, mentre que un ja havia pagat amb la presó preventiva i l'altre va estar tancat dos anys i va sortir per bona conducta, però els metges van dir que el meu nebot romandria per sempre més estacat a una cadira de rodes. Els cabrons van condemnar el meu nebot a cadena perpètua, i ells tan feliços. I dius que no m'ha fet res? —escopí al terra—. Són els fills de puta com aquest, que van escampar les idees dels cap-rapats. Jo no em quedo aquí, per vetllar un malparit com aquest, que em fa venir basques. T'acompanyaré —va dir a Josep, tot decidit.

El doctor Alzina, des de la porta de la cabana, va veure com s'allunyaven Josep i Lluís. No anaven de pressa, sinó que caminaven amb el cap baix, mentre remugaven.

Llavors va tornar a entrar a la cabana i es va quedar mirant el cadàver d'aquell home que somreia feliç.

Bé, algú s'hi havia de quedar. De manera que es dirigí cap a la finestra tancada. L'obrí per tal que la llum del sol, que ja començava a despuntar, il·luminés millor l'estança, i en aquell instant aparegué al seus ulls la petita taula de fusta i, damunt d'ella, el plec de fulls lligats amb una corda. Al primer full va poder llegir en alemany: EL RELAT DE GÜNTER PSARRIS.

—Qui deu ser Günter Psarris...? —mormolà—. I què hi fa aquest escrit aquí?

Prengué el plec de fulls i va desfer el nus. Poc després, apareixia el relat de Günter Psarris. Era la lletra de Guimu. No hi havia cap dubte. Disposava ben bé d'un parell d'hores llargues i no tenia altra cosa per fer. D'altra banda, si Guimu se l'havia vista a venir, si havia pres la fotografia, havia deixat aquell relat damunt la taula i si, en morir, somreia, era evident que desitjava que qui el trobés, el llegís. Ara, després del descobriment que havia fet Lluís, el metge també sentia curiositat per saber qui va ser Guimu.

Es va seure a la porta de la cabana i començà a llegir. Potser el pastor era aficionat a escriure novel·les. Però, en llegir les primeres pàgines, van començar els descobriments importants.

1.- LES DUES DECISIONS

Avui és un gran dia, perquè he pres dues decisions. Les primeres des que he arribat a aquestes terres. D'això fa uns quants anys. No puc dir-ne quants, perquè no sé ni quin dia és avui, ni la setmana ni el mes ni l'any. Això són coses que aquí dalt, a la muntanya, no tenen major importància. Allò que és més important és saber quin temps tindrem, si és la tardor o l'hivern, si les neus arribaran aviat o si la primavera serà plujosa i si l'estiu serà com cal. Aquests trets de la natura són els que indiquen si ha arribat l'hora de baixar cap al pla, si s'han d'esquilar les ovelles o si pariran aviat. La vida és senzilla, som nosaltres que la compliquem.

Durant tot aquest temps he viscut en un forat fosc, sense poder veure-hi clar, malgrat que he estat feliç. No és cap contrasentit, tot i que ho sembla. I avui jo diria que el dia s'ha aixecat diferent, més serè, més blau... amb pau. Perquè la pau neix de dintre, mai no ens arriba de fora. Si el cel és clar, però no tens pau, el sol és més apagat i no escalfa com cal; si el dia està ennuvolat, però et sents bé, la pluja esdevé poesia.

A primera hora ha vingut el Paco. L'he pressentit tot just despertar-me. Bé, no és que hagi estat una intuïció, perquè ja l'esperava. Tanmateix, he escoltat el moviment del ramat d'ovelles quan encara no m'havia llevat. I la remor de les seves petjades, que a voltes es confon amb el vent que mou les fulles dels arbres, m'ha indicat la seva presència.

He sortit a la porta de la cabana i l'he vist com pujava pel prat, tot recolzant-se en el bastó, amb la samarra de pell de be, els pantalons de vellut i el sarró a l'esquena, amb el lent caminar, pausat, propi de qui domina la vida. Perquè ell la domina. I tant que sí! Coneix aquestes contrades com el palmell de la seva mà, sempre sap on és i què hi fa. I, allò que és més important, també sap el que ha de fer. Això és dominar la pròpia vida. Altrament, és la vida que ens domina. Prou que ho sé, perquè he viscut anys i panys perdut per aquests mons de Déu, sense saber on era ni el que feia, sense poder dominar cap ni una de les meves passes.

Piu m'ha descobert, ha oblidat les seves obligacions amb el ramat i ha vingut corrents, amb la cua dreta, ventant a dreta i esquerra, eufòric, mostrantme aquella alegria que només l'espontaneïtat del gos és capaç d'expressar. A uns centímetres de les meves cames ha aturat la seva cursa i ha refregat tot el seu cos contra els meus pantalons, exigint, més que no pas demanant, la carícia. He passat la meva mà pel seu llom i no n'hi ha tingut prou, sinó que ha donat voltes i més voltes per obtenir més regals. Jo els hi he donat tots, amb les dues mans ben obertes, fregant el seu pèl llarg que li permet resistir l'hivern i el protegeix de la calor de l'estiu. Ell també domina la seva vida. No l'importa si va net o brut. Ja es renta quan es fica al riu. Vigila el ramat i està pendent a tothora de les nostres ordres. És feliç, perquè fa el que ha de fer. Ha nascut per ser gos i és gos. Les persones, per contra, força sovint oblidem que hem nascut per ser persones i ens tornem animals.

I ben mirat, és meravellós descobrir que els gossos són els únics éssers que se senten pagats amb una carícia. Un sol gest de la mà, un lleuger contacte i són feliços, perquè tu també ho ets, només amb una mostra d'amor. I Piu ho sap. D'ells, n'hem d'aprendre molt. Hem d'aprendre a concedir sense esperar res. Perquè, tot i que sembla que ell exigeix la carícia, no és ben bé cert. En tot cas, ell t'ofereix l'immens plaer d'acariciar-lo, de jugar i de parlar-li com si fos una persona, perquè ell sap que això et fa feliç. I quan ja has emplenat la teva felicitat, marxa i retorna a la seva tasca. Sí, n'hem d'aprendre molt d'ells.

—Segur que vols quedar-te aquí? —m'ha preguntat el Paco.

No cal que em saludi. No cal que ens diguem res. La pregunta pot ser directa, sense embuts, perquè els homes de muntanya amb poques paraules s'entenen de seguida. No com a ciutat, on calen moltes explicacions per mirar de deixar clar allò que volem dir, i mai no estem segurs de si ens han entès o no.

—Sí, Paco —li he respost. Tampoc no cal més.

Quan som dalt de la muntanya, amb el ramat, força sovint no parlem. No cal. Ell mira les valls i jo segueixo la seva mirada i procuro aprendre a contemplar. Em va salvar la vida i no em va demanar res a canvi; em va donar formatge i pa i no me'ls va cobrar; em va oferir aixopluc i no... És un gran home! És una persona.

Enguany no pujaré a la muntanya, amb ell. Aquesta és la primera decisió ferma que he pres. I Paco l'entén i l'accepta, malgrat que l'he vist un xic trist.

S'ha quedat al meu costat durant una estona, sense dir res.

—Enguany en portes més —he trencat el silenci, senyalant amb la barbeta el ramat.

—Sí —ha fet ell. Ja n'hi ha prou.

Després m'ha fet un cop a l'espatlla, ha xiulat fort, Piu s'ha dirigit cap al ramat d'ovelles i les ha obligat a caminar. Llavors he vist Paco que s'allunyava lentament, ajudat pel bastó. He esperat fins que ja havia desaparegut i he tornat a la cabana amb la imatge de Piu, que s'ha aturat un instant, com si em demanés per què no els acompanyo, i després també ha desaparegut.

Ara haig de dur a terme la segona gran decisió i espero tenir prou força per fer-ho, perquè és l'única manera de tornar a la vida. De dades no me'n faltem, perquè aquells detalls que el temps ha esborrat, els he pogut trobar als llibres. He vist canviar el món, de dalt a baix. I posseeixo moltes notes. Més que no pas en necessitaria.

Bé! Ha arribat aquest moment. Únicament desitjo que sigui cert i que assoleixi la pau que busco des fa tants anys, tal com m'ha dit el mossèn. Després, potser, podré tornar amb Paco. Li ho dec.

2.- KRISTALLNACHT

El meu nom és Günter Psarris i sóc un mort vivent, perquè aquell Günter Psarris, que va néxier a Berlín el 18 de març de 1913, el mateix dia que Schinas assassinava el rei Jordi I de Grècia, a Salònica, va morir fa anys. Veure la primera llum el dia d'un assassinat és un mal presagi. Però, ben mirat, cada dia hi ha assassinats, només que es tracta d'éssers anònims, sense importància. Si més no, així ho pensem, perquè així reaccionem i així vivim, aliens al món que ens envolta.

El meu avi, Alexander Psarris, era grec i sé que estava orgullós del seu passat, de pertànyer a una terra de mites i d'herois. Tanmateix, va haver d'emigrar a Polònia per poder guanyar-se la vida, on va néixer el meu pare, que no va tenir gaire temps per sentir-se orgullós de ser polonès, perquè el meu avi va morir i ell també va emigrar de ben jove, aquest cop a Alemanya, on, amb molt d'esforç i de treball, va aconseguir muntar una fusteria i es va casar amb Helena Krug.

A Berlín també va néixer la meva germana Laura, que era cinc anys més gran que jo. Per tant, hauria de dir que sóc alemany d'origen polonès i grec, però després de tant de temps i de les experiències viscudes ja no sé ni el que sóc. Potser és per aquesta raó que mossèn Pere em va dir que ho havia d'escriure tot. Tal vegada per descobrir què o qui sóc, i per poder néixer de nou i retornar a la vida o, tal vegada, per néixer per primer cop com a persona en llibertat.

Era un gran home, aquell sacerdot, tot i que era baix i un xic gras. La grandesa força sovint no es troba en la part física de nosaltres mateixos, sinó més endins. Per això aquestes terres dels Pirineus també són grans, perquè acullen gent com jo i ens permeten viure en pau tots aquests anys. No ens demanen qui som ni d'on venim, sinó allò que pensem, allò que sentim i allò que fem pels altres.

El primer dia que vaig parlar amb ell, amb mossèn Pere, ens va costar d'entendre'ns i al final ho vam haver de fer en llatí. Ell no parlava ni alemany ni francès i jo, evidentment, tenia un coneixement tan limitat del català i del castellà que només podia dir: bon dia, adéu i gràcies. Les tres coses que havia après de Paco.

—Vostè és Guimu? —em va demanar en la penombra d'aquella petita capella.

Encara no sé com se'm va ocórrer entrar-hi. Si sóc sincer, em feia por enfrontar-me amb la imatge del Crist crucificat, que havia estat jueu, i jo no ho podia oblidar.

L'única paraula que vaig entendre va ser Guimu. Amb aquest nom em coneixia Paco, l'home que un parell de setmanes abans m'havia rescatat de les neus dels Pirineus, gairebé mort, mig congelat, abatut, sense ànims, afamat i perdut. Pel que explicava, aquesta és la primera paraula que vaig pronunciar només obrir els ulls, sota la pell amb la que ell em tapava, vora el foc. Jo ni me'n recordo. I Paco es va imaginar que li havia dit el meu nom i amb aquest nom em coneix tothom. A mi ja m'està bé. Sembla un diminutiu de Günter. Paco em va fer entrar en calor i em va tornar la vida. Des d'aleshores l'he acompanyat amb el ramat i he fet de pastor.

Ara me'n ric, quan penso en aquells moments, quan intentava trobar paraules en llatí que havia estudiat feia anys i panys. Tanmateix, assegut en aquella església de Martinet em vaig sentir bé. I mossèn Pere em va escoltar amb molt d'interès, tot i que no ens acabàvem d'entendre. Sortosament, vaig aprendre a parlar com ell i les visites i les converses es multiplicaren, fins que vaig ser capaç d'explicar-li-ho tot. Va ser llavors que em va atorgar el seu perdó, el perdó de Déu, un perdó que jo no gosava demanar-li, i em va aconsellar que posés per escrit el meu relat.

—Per què? —li vaig preguntar—. De què servirà?

—Algú el trobarà algun dia i el llegirà —em va respondre amb un somriure—. La guerra no és bona i el teu relat serà un punt de reflexió.

Tenia raó aquell home, que em tractava amb amabilitat, com un pare parla amb el seu fill i l'aconsella. Cap guerra no és bona, perquè acabada la del 14, on el meu pare va lluitar, sé que la vida no va ser gens fàcil per a un país derrotat i en bancarrota. Tanmateix, el meu pare era un home a qui l'experiència li havia ensenyat que cal donar els fills la millor educació possible, i jo vaig poder estudiar a la universitat, mentre ell treballava com un animal i aixecava un negoci que ja disposava de cinc empleats, i la meva mare estalviava tot el que podia.

Els meus pares van morir, l'un seguit de l'altre, quan jo encara no havia acabat els meus estudis de física. El pare en l'incendi que es va produir al taller, i que mai no es va aclarir si era fortuït o provocat. Corrien mals temps i ja l'havien amenaçat, però la policia no s'ho va prendre amb gaire interès. El fet és que ho vam perdre tot i la mare el va seguir poc després. Tampoc no va quedar clar si havia estat de pena o s'havia suïcidat, perquè el metge que va certificar la seva mort només va escriure que el cor li havia fallat. Només uns mesos i el seu cor va deixar de bategar. Jo estic convençut que havien viscut tan units que l'absència de qui havia compartit tantes i tantes experiències va ser superior al desig de viure. Que en fos el cor o una altra, la causa, poc importa.

La meva germana Laura s'havia casat feia uns anys i havia marxat a Viena amb el seu marit Hans Teschler, un jove funcionari que, pel que comentaven, prometia molt. Van venir a Berlín pels enterraments i van tornar a marxar. Laura volia que me n'anés amb ells, però jo li vaig contestar que, abans, havia d'acabar els meus estudis. Era com un tribut als nostres pares. Havien lluitat tant, per tal que jo tingués una bona educació, que no podia defraudar-los.

Després de la mort del pare vaig començar a buscar feina. La mare deambulava per la casa sense badar boca. Jo tenia prou clar que l'havia de mantenir, a ella. Tanmateix, fins uns mesos després d'haver-la perdut, no vaig aconseguir un lloc de mestre en un institut, el nom del qual ja no recordo, tot i els esforços que he fet durant dies per rescatar aquest nom del passat. Sembla com si la memòria es negués a tenir presents alguns detalls i els hagués enforatat. Recordo les aules, els passadissos, la sala de professors, els rostres de molts, fins i tot alumnes, però aquest nom se m'ha esborrat. Els anys passen factura. Els anys i els cops rebuts per la vida.

No va ser gens fàcil trobar feina, perquè la meva condició de fill d'immigrant, malgrat que el meu pare havia lluitat per Alemanya, m'impedia accedir a llocs de més prestigi i més ben remunerats. Potser quan acabés els estudis a la universitat... Sempre la mateixa excusa; sempre la mateixa cantarella.

—El seu historial és molt bo, però encara no s'ha llicenciat —em repetien a cada entrevista.

De manera que vaig haver de vendre la casa dels meus pares i cercar un nou refugi, més en consonància amb la meva situació. Amb els diners que vaig obtenir podia haver acabat els estudis, però després de l'experiència buscant feina, més valia guardar els diners per a ocasions més delicades. I encara havia de donar gràcies per haver tingut la sort d'haver estat admès en un institut, després de tombs i més tombs sense arribar enlloc, amb tot un seguit de portes que se'm tancaven davant dels nassos, perquè estava considerat com un immigrant, malgrat que no m'ho deien a la cara i malgrat que als meus documents hi posava ben clar que havia nascut a Berlín, i malgrat que jo no parava de repetir que el pare havia lluitat per Alemanya. Però, a ells, poc que els importava.

És molt malparit ser ciutadà de segona. I, ironies de la vida!, també havia de donar gràcies per no ser-ne de tercera o de quarta categoria, perquè en aquells dies les categories comptaven massa. Per fortuna, el director de l'institut coneixia el meu pare, que li havia fet bona part dels mobles de casa seva. Herr Voss em va acollir.

En fi! Que ja m'he presentat, i no ha estat pas tan difícil com m'imaginava. Suposo que ara tot serà més fàcil.

*** ***

El 7 de novembre de 1938 va ser un dia aparentment normal, si és que hom pot aplicar aquest qualificatiu a una societat dominada per la tirania d'un home que arrossega tots els que es consideren la raça superior i viuen convençuts que uns diminuts gens els atorguen el dret de comparar-se amb qualsevol i sortir-ne triomfants.

Recordo que feia fred i que vaig haver de caminar de pressa per travessar el pati de l'institut en direcció a la sala de professors. Es tractava d'un edifici amb dues grans columnes a l'entrada que semblaven donar pas a un palau, però després, a l'interior, les aules eren petites i el mobiliari pobre. No hi havia calefacció i a primera hora havia d'escriure a la pissarra amb guants a les mans. Els meus alumnes em contemplaven amagats darrere de les bufandes i no badaven boca fins a mig matí, quan el sol entrava pel finestral que donava al pati. Llavors la temperatura augmentava i les bufandes s'obrien per deixar que aquells llavis comencessin a moure's i deixessin d'expulsar el baf. Semblaven petites locomotores plenes d'energia juvenil.

Bé! El fet és que aquell dia els meus alumnes havien sortit cuita-corrents en escoltar la campana que dóna per finalitzada la tortura diària que representa allò que els grans anomenem estudiar. I és que la ment d'un marrec de dotze anys es troba força allunyada del teorema d'Arquimedes quan arriba l'hora d'esbarjo, i més encara quan conclou la jornada escolar.

Sí, era un dia aparentment normal, aquell 7 de novembre, i el meu cap anava perdut per les esferes celestials. Tant, que la major part del temps havia estat distret entre somnis meravellosos que protagonitzava una jove que responia al nom d'Ilse, posseïdora d'uns ulls grans i blaus com el cel en un matí de primavera, d'uns llavis que no tenien res a envejar de la frescor i del color dels pètals d'una rosa, tenia el coll llarg i esvelt i uns cabells suaus i sedosos del color del blat madur, a punt de sega. Només amb un somriure podia il·luminar tota una habitació i el seu riure em recordava els cascavells del cavall que tirava el carro de l'home que cada matí, a primera hora, transportava les verdures al mercat. Tanta era la seva alegria!

Aquell dia, 7 de novembre, feia un any que ens havíem conegut i volíem celebrar-lo amb un sopar íntim al petit estudi que jo tenia llogat tres carrers més avall de l'escola, a la HafferStrasse.

Frau Reitlinger, la meva patrona, era una dona extraordinària en tots els aspectes, i el seu enorme cos de matrona de Rubens cobejava un cor immens, amagat sota les dues masses de carn que eren els seus pits, grans i espectaculars fins al punt que no podia mirar-se els peus sense doblegar l'esquena. Als seus cinquanta-quatre anys, vídua i sense fills, desplegava una activitat impressionant, potser conseqüència de les seves hormones disparades, i procurava mantenir contents els seus inquilins: l'advocat Freitzhager, l'ex-combatent de la guerra del 14 Weisser, i jo. D'aquesta manera podia conservar la seva casa i obtenir algun diner per anar passant, perquè per a ella també eren temps difícils.

Vaig entrar a la sala de professors picant de mans i bufant amb força. L'escola romania deserta i el vent gratava els vidres de les finestres. Només hi quedava el vell vigilant, lent i pesant, que era el blanc de totes les burles dels estudiants. Vaig prendre l'abric i me'n vaig anar a casa, a aquella habitació on s'encabien una taula, tres cadires, un armari, unes poselles plenes de llibres, caixes pertot arreu i una cuineta de petroli que feia un tuf tan horrorós que m'obligava a obrir la finestra cada cop que l'encenia, cosa que feia sovint, perquè en aquella casa només hi havia una sola estufa, a baix, al menjador, i a Berlín l'hivern és llarg i fred. Els meus dominis incloïen una altra petita habitació annexa, que era el dormitori. Un vertader cop de puny amb un altre armari que per obrir-lo havia de pujar-me damunt del llit. Suficient per a les meves necessitats, les d'un professor d'institut o les d'un estudiant.

A pocs metres del portal de casa em vaig aturar davant l'aparador de la botiga del vell Rahm, un ancià simpàtic i tímid, amb unes ulleres de muntura metàl·lica i una bondat que semblava arrencada d'un compte dels germans Grimm.

La veritat és que el meu sou, en aquells dies, no donava per gaire, però havia decidit tirar mà dels estalvis i llençar la casa per la finestra, tot comprant dos filets de carn, de la més tendra que vaig trobar, i, ara, pensava, encara hi afegiria una ampolla de vi. L'ocasió s'ho mereixia.

Vaig contemplar durant uns moments les botelles alineades en perfecta formació, com si fossin un batalló de soldats. Borratxos, naturalment. Vaig abandonar el meu lloc i, tot just quan anava a entrar-hi, vaig descobrí el cartell.

Llepant l'escaire de fusta, hi havia una nota que resava:

PERILL! AQUÍ HI VIU UN TRAÏDOR JUEU. NO HI COMPREU RES!

Fins aquell moment el meu cervell només pensava en Ilse i poc que m'havia adonat del meu entorn.

«Però, quina estupidesa! Al vell Rahm el coneixia tothom i tothom se l'estimava», vaig pensar.

Vaig arrencar aquell full, vaig empènyer la porta i vaig entrar-hi.

—Qui ha penjat això? —vaig demanar, mentre dipositava aquella porqueria damunt del taulell.

—Vostè, qui creu? —em va respondre Herr Rahm amb una altra pregunta—. I han dit que tornaran —afegí.

—No s'amoïni. Aquí el respectem tots i aquests són una colla de covards que s'amaguen a la foscor i pengen cartells quan ningú no els veu.

—Potser sí, però cada dia són menys els clients que hi entren i compren —em respongué.

—Són temps difícils —el vaig tranquil·litzar, i em vaig dirigir cap al prestatge dels vins—. Voldria una ampolla de vi. No gaire car.

—Aquí no hi ha res que sigui car. Si el preu és elevat és perquè s'ho mereix. Ja sap que jo no n'abuso. Una reunió d'amics? —em demanà.

—Un sopar especial —vaig somriure, i ell em va entendre de seguida i em va fer l'ullet, picardiós.

Vaig abandonar la botiga amb la botella a les mans. Segons m'havia dit el vell Rahm era el més adient per a una dama. Dolç com el nèctar, suau com una melodia i d'un vermell fosc i pujat que enaltia els sentits.

Un cop fora, vaig tornar a mirar les restes del cartell amenaçador. Alemanya s'havia contagiat de la bogeria de Hitler. Des de l'any 1935 havien aparegut edictes i més edictes i lleis i més lleis que ofegaven els jueus i tots aquells que no combregaven amb els dictats del Führer, que dia rere dia adquiria poder absolut sobre tot allò que trepitjava terres alemanyes: persones, animals i coses.

Mentre preparava el sopar vaig arribar a oblidar-me del cartell, de Herr Rahm, de la política, dels jueus, dels comunistes i de tothom, excepte d'Ilse, i no vaig ser conscient del món que m'envoltava fins que no vaig escoltar uns cops a la porta.

Primer vaig pensar que era Ilse, però aquells cops eren massa forts. Vaig obrir i em vaig trobar Frau Reitlinger, que gairebé em va caure al damunt amb tota la seva colossal humanitat.

—Li he aconseguit uns tomàquets, unes pastanagues i una mica de cafè, però... cafè cafè, del bo

—em va dir allargant els braços i descarregant tota la mercaderia a les meves mans.

Tanta energia desplegava en cada un dels seus actes que vaig ser a punt d'estavellar un tomàquet als seus peus.

—No tenia perquè haver fet res —li vaig agrair.

—Au, va! Vostè s'ho mereix tot i Fraulein Ilse és molt maca. Quan es casen?

Aquella dona era una matrimoniera com no n'hi havia d'altra. Gaudia de qualsevulla boda i m'havia confessat que en moltes ocasions plorava d'emoció en veure una parella davant l'altar. De fet no calia que arribessin a l'altar per arrencar-li llàgrimes. Només de veure'ls al carrer ja se li humitejaven els ulls.

—Encara no ho sé —vaig respondre, mentre deixava damunt la taula els tomàquets, les pastanagues i el cafè.

Com s'ho havia manegat per trobar-ne en aquella època? Era un misteri, però jo no estava per desvetllar-lo.

—Doncs, afegeixi una mica de pebre al menjar i tot anirà millor —va deixar escapar una de les seves fortes riallades, i em va fer un cop a l'esquena amb aquella mà enorme, que gairebé em tombà—. Com els envejo! —va fer ensems que alçava els pits i emetia un perllongat sospir—. Ai! Jo ja no tinc edat.

—Si no fos perquè Ilse és a punt d'arribar, ara mateix... —vaig fer broma i vaig obrir els braços com si anés per ella.

—Surti d'aquí! —exclamà, em va empènyer, es cobrí la cara amb el davantal i va fugir cap a la porta—. Ja li diré a Fraulein Ilse que el lligui ben curt, perquè vostè és perillós —va fer quan tancava la porta.

Encara reia quan em vaig adonar que no disposa d'un llevataps. Poca feina faríem amb el vi, si no podia obrir l'ampolla. De manera que vaig sortir per demanar-ne un a Weissler. No em queia gaire bé, aquell paio, però en aquells moments podia ser la meva salvació.

—Que vol celebrar l'atemptat? —em va preguntar el vell soldat, orgullós membre del partit nazi, només sentir la meva petició, allà plantat a la porta de la seva habitació.

—Quin atemptat? —vaig demanar. No sabia de què em parlava.

—Un fastigós jueu ha disparat contra un diplomà-tic de la nostra ambaixada a París. Von Rath, un patrio-ta! —va aixecar el dit índex, va posar uns ulls com a ta-ronges i va gesticular exasperat—. Quanta raó té el nos-tre Führer! Hem d'acabar amb aquesta maleïda raça que ens enverina la sang, o ells acabaran amb nosaltres.

Quan el vaig deixar, encara ressonaven les seves paraules a les meves oïdes.

—Vostès, els joves, han de patir com nosaltres per entendre què vol dir lluitar, però ja arribarà, ja arribarà el dia que siguin conscients del significat de paraules com sacrifici, pàtria, honor, puresa i glòria. I llavors…

Ell mateix s'escoltava, s'interpel·lava i es responia. Només calia donar-li un xic de corda i es posava en marxa com un lloro de fira, amb una verborrea barata. Estava sonat, però el més preocupant és que n'hi havia molts més com ell. Massa! I als jueus només els faltava un assassinat damunt dels seus caps, perquè, encara que Von Rath va ser un tercer secretari de l'ambaixada, ningú en qualsevulla altra circumstància, un trist i imaginari substitut ocasional de l'ambaixador que la ment de l'improvisat botxí li atorgà un immerescut protagonisme, Hitler arrossegaria amb tot el que hi havia al seu davant i el convertiria en màrtir per, després, víctima d'un accés de còlera, descarregar tota la seva ira contra el blanc de seu odi: les races inferiors. No calia ser vident per entreveure el futur, perquè era una absurda repetició del passat recent.

Ilse va arribar poc després i va esvair tots els meus pensaments. Semblava una reina. Duia el cabell recollit, la qual cosa li atorgava serietat, amb el coll de cigne al descobert. Es va treure l'abric amb estudiada lentitud. Encara la puc veure ara. Dessota aquella cuirassa blau marí aparegué un vestit rosa amb un llaç a la cintura i un generós escot que em permetia extasiar-m'hi. Es va enganxar al meu cos com si fos una segona pell, em va fer un petó llarg i dolç, i em va dir:

—Feliç aniversari.

La vaig apartar per contemplar-la. Feia un goig...

—Puc desfer la llaçada del meu regal? —li vaig preguntar, mentre intentava allargar la mà cap a la cinta rosa.

—No sóc cap regal —em contestà simulant estar enfadada, i s'escapolí—. No puc quedar-me —afegí, em mirà i mogué el cap a dreta i esquerra—. No sé què ha passat, però el pare em vol a casa a les nou.

—Gairebé no tenim ni temps per sopar —em vaig queixar.

Havíem decidit passar la nit plegats. Ho teníem tot ben apamat. Faríem veure que ella marxava, perquè Frau Reitlinger tolerava les visites, però no les estades, i l'enganyaríem. Després, al matí, Ilse marxaria abans de les set, que és quan la meva patrona es llevava. Ja ho havíem fet algun altre cop. Pocs, però.

—Només és un aplaçament. Divendres he quedat amb Helena per anar al teatre i, teòricament, dormiré a casa seva —em va fer l'ullet—. És una bona amiga i molt comprensiva.

Vam riure força quan vaig encendre la cuineta de petroli, perquè vam haver d'obrir la finestra. Ella tenia fred i la vaig abraçar amb força. Amb els ulls tancats podia somiar que vivíem al paradís i que aquella finestra donava a un jardí, en lloc del pati interior brut i a estones pudent, quan el veí del costat deixava anar els dos gossos, que no s'hi estaven de fer les seves necessitats. Jo els odiava i ells ho sabien, perquè sovint miraven cap amunt, quan detectaven la meva presència, m'ensenyaven les dents i em bordaven.

Va ser un sopar deliciós. Vam parlar i parlar. La mirava i m'extasiava. Com era possible que aquella dona s'hagués fixat en mi, en un pobre mestre d'institut?

—No serà gaire fort, el vi? —em va preguntar—. Tal com està el pare, no puc arribar a casa gaire alegre.

No sé si el vi era fort o no, però ella estava alegre de debò. I jo era un home perdudament enamorat, i feliç.

Cap a dos quarts de nou ens vam acomiadar de Frau Reitlinger, vaig acompanyar Ilse fins a prop de casa seva, una cantonada abans d'arribar-hi, i la vaig veure dirigir-se cap a la porta.

Johannes Hulmmer ja havia assolit una posició quan va conèixer Inga, la seva esposa, i no estava disposat a permetre que la seva fortuna anés a petar a mans de qualsevol. El seriós empresari havia dit en diverses ocasions que la seva filla no seria per a un pelacanyes que no li pogués oferir cap futur. Si els meus pares no haguessin mort, tot seria diferent, però en aquells dies jo no podia aspirar a certes coses. De manera que manteníem la nostra relació en secret i ens separàvem a la cantonada i amb molta cura per tal que ningú no ens veiés.

Jo l'havia coneguda per casualitat, perquè un antic company d'estudis m'havia colat a una festa. Tot va ser veure-la i enamorar-me'n. Però el més curiós és que ella em va mirar i va fer un gest com si em cridés.

De natural sempre he estat tímid, però aquell dia... No sé què em va passar. Vaig travessar la sala i vaig anar directe cap a ella, que conversava amb unes amigues.

—Em permet que la rapti? —li vaig preguntar.

I ja no ens vam separar en tota la vetllada. Ballava com un àngel i era lleugera com una ploma als meus braços. Fèiem tombs i més tombs al voltant de la sala, com si només hi fóssim ella i jo. Les veus havien desaparegut i la música sonava dintre meu. Tenir-la tan a prop era sentir-se al cel.

La vaig veure arribar a la porta de casa seva i, tot just abans de desaparèixer, es va tombar cap a on era jo i em va dedicar un somrís. Encara m'hi vaig estar una estona més. Finalment, me'n vaig tornar a la soledat del meu cau.

*** ***

Dos dies després, dimecres 9 de novembre, Josef Goebbels, ministre de propaganda del III Reich, feia unes declaracions durant un sopar en commemoració de la conspiració de Bierhalle, acte que el Führer va honorar amb la seva presència. I, tal com era d'esperar, el nom d'Ernst Von Rath, esdevingut màrtir, es pronncià amb força. «Els jueus han de pagar aquest crim», va dir Goebbels, i afegí que les represàlies ja havien començat. De manera que la terrible màquina del poder es posà en marxa i les SS es vestiren de carrer per cometre tota mena de barbaritats en nom del poble alemany.

Aquella nit, malgrat que la meva habitació donava al pati de darrere, vaig poder escoltar els aldarulls i, tot veient que no acabaven, vaig decidir baixar fins al portal per assabentar-me d'allò que s'hi coïa, perquè des de l'habitació no podia veure res. De manera que vaig prendre l'abric i vaig sortir.

Només arribar a l'escala, la porta del meu veí Weissler s'obrí amb violència i el cos gran del vell soldat aparegué enfundat en el seu abric negre que li tapava fins i tot els turmells. A la seva cara podia llegir la ira i a la seva mà dreta duia un garrot de fusta.

—Ha sonat l'hora de la venjança! —cridava enfollit—. Ho veu? Alemanya s'aixeca del fang i el Führer se sentirà orgullós de nosaltres.

Em va apartar d'una empenta i baixà les escales, que van tremolar sota aquelles botes.

Instants després vaig escoltar el cop de porta. Aquell animal s'havia afegit a la creuada.

Em vaig quedar astorat. Frau Reitlinger em mirava des de la porta de la seva habitació. L'advocat no hi era. Jo també la vaig mirar. Acabàvem de ser testimonis muts del preludi de la follia que era a punt d'arrabassar tot el país.

De sobte, impulsat per un ressort, vaig seguir les passes d'aquell home i em vaig trobar enmig del carrer.

—No surti —m'havia dit Frau Reitlinger—. És perillós.

Tanmateix, jo no l'havia escoltada. Podia més el desig de saber què passava que la prudència i el bon seny.

La primera cosa que vaig poder copsar va ser un grup d'homes s'allunyava tot cantant *Hors Wessel*. Després em vaig adonar que l'empedrat era ple de vidres trencats, de caixes, de llaunes i d'ampolles. «Déu meu!», vaig exclamar, i vaig córrer cap a la botiga del vell Rahm.

En arribar, vaig descobrir que l'aparador ni existia, que el vi regalimava per la voravia, que la porta estava esbotzada i que tota la mercaderia apareixia escampada.

Vaig entrar-hi amb el cor encongit. Tot era fosc i els meus ulls es van haver d'habituar a la penombra. Les poselles eren buides i la botiga era el més semblant al que podies trobar després d'un terratrèmol. Per tots els sants del cel! No hi quedava res que pogués aprofitar-se. I em vaig quedar bocabadat.

Llavors vaig escoltar un gemec que sorgia del darrere del taulell. Vaig córrer cap allà i em vaig agenollar al costat del cos del vell Rahm. Tenia la cara coberta de sang. El vaig ajudar a aixecar-se. Un braç li penjava inert i no el podia bellugar.

Com vaig poder el vaig pujar al petit apartament que hi havia damunt de la botiga, on ell hi vivia, i el vaig estirar al llit. No va ser senzill, perquè el pobre estava tan apallissat que es queixava amb cada moviment.

—Vaig a buscar un metge —li vaig dir.

—Que sigui jueu —em suplicà—. Un altre em mataria.

—Avisaré la policia i podrà presentar una denúncia.

—No! —va fer, i em va agafar per la màniga. Als seus ulls podia llegir la por—. La policia no! Encara seria pitjor —exclamà espaordit—. Si us plau, no em deixi sol.

Vaig improvisar unes fustes per tal de mantenir rígid aquell braç. Això ho havia après a fer quan estudiava a l'institut i anàvem d'excursió. Si més no, serviria fins l'endemà. Li vaig rentar la sang de la cara i em vaig quedar amb ell tota la nit, vetllant-lo.

El pobre home va trigar molt a dormir-se i el seu son va ser molt agitat. De tant en tant es despertava tremolant i em mirava amb horror. Llavors li parlava i ell es calmava i es tornava a dormir. Feia una pena... Jo el contemplava des de la foscor i pensava en Weissler, en la seva imatge, en els seus ulls enfollits i en el garrot que duia a la mà. Quants haurien rebut una visita com aquella durant la nit?

L'endemà vaig haver de visitar cinc metges. Tots estaven espantats i tots tenien molta feina, perquè els nazis havien fet una bona tasca. El Führer, com deia Weissler, podia sentir-se'n ben orgullós.

Per fi en vaig trobar un que em va voler acompanyar.

Aquell metge tenia els dits àgils i va fer un ràpid reconeixement del vell Rahm. Strobbel, em sembla que es deia. Era magnífic veure l'amor amb què el tractava, deixant caure aquí i allà frases d'ànim i de consol.

—És més aparatós que profund —somreia—. Me l'enduré a la clínica i d'aquí uns dies com nou —es tombà cap a mi i em preguntà—: On puc rentar-me les mans?

El vaig acompanyar fins a la cuina, i em va dir amb veu baixa:

—Té el cos ple de blaus, el colze fracturat i el nas fet miques. A la seva edat no és cosa bona. Però allò que més em preocupa és el fileret de sang que raja de l'orella —mogué el cap, tot negant, i bufà—. Podria ser el timpà, però també podria ser més greu, perquè està perdent sensibilitat als dits. Per això m'estimo més tenir-lo a prop i vigilar que no hi hagi sorpreses desagradables.

—L'acompanyaré —em vaig oferir.

—No es preocupi. Me'l puc endur tot sol i vostè ha de treballar.

—Sí, però això és més urgent.

De sobte, es va quedar callat i em mirà amb interès.

—És vostè jueu? —em preguntà.

—No —vaig negar amb el cap.

—Ja m'ho havia semblat —somrigué, va prendre la tovallola i s'eixugà les mans—. És reconfortant trobar gent que paga la pena conèixer.

Vaig estar temptat de dir-li que, si bé no era jueu, era fill d'un immigrant. Però, no ho vaig fer. Li hauria trencat la il·lusió.

El vaig tornar a veure dos cops, al doctor, quan vaig anar a visitar Herr Rahm, que va morir dues setmanes després, i ja no ens vam tornar a veure mai més.

Imposar disciplina entre els meus alumnes va ser una tasca esgotadora. Tots estaven molt excitats i no paraven de parlar dels esdeveniments de la nit passada. Eren com lloros que segurament repetien el que havien escoltat dels seus progenitors i vaig sentir pena per la jove Alemanya que es reflectia en aquell projecte d'adolescents.

Quan va acabar la jornada me'n vaig anar a buscar l'abric a la sala de professors.

«Què ha passat?», em demanava mentre creuava el pati. Ni tan sols sentia el fred. Tot era diferent. Ja ho crec que sí! Fins i tot la sala de professor, a aquella hora sempre deserta, apareixia plena de col·legues que discutien excitats i que semblaven no tenir presa per abandonar el recinte. Vaig prendre l'abric i ja me n'anava quan una veu em va aturar.

—Què en pensa vostè, Herr Psarris?

Tothom es va quedar en silenci. No havia estat capaç d'identificar l'autor de la pregunta, però havia estat feta i no podia quedar sense resposta. Tampoc calia que em donessin més explicacions ni gaire pistes, perquè el tema era evident.

—A dos carrers d'aquí viu Herr Rahm —vaig fer, a poc a poc—. És un ancià a qui tothom respecta i estima.

Viu en aquest barri des que va néixer, té una botiga petita, no és ric ni mai l'he vist cobrar preus abusius, és amable amb els infants i, fins i tot, els regala caramels. Mai no ha estat implicat en política i compleix les lleis —vaig fer una pausa, que ningú no va gosar trencar—. Anit li van esbotzar la porta, li van buidar la botiga, li van fer malbé totes les instal·lacions i el van apallissar fins que el van deixar estès, amb un braç trencat i la cara feta un nyap. A un vell que li costa caminar, que no pot defensar-se i que mai no ha fet cap mal a ningú, a un ésser que la seva bondat el desborda, em pregunto... quina mena d'homes van poder fer-ho? I no ho puc entendre. El seu únic crim, l'únic!, és haver nascut jueu.

Alguns van abaixar el cap i remugaren incòmodes. No calia dir res més. De manera que vaig fer mitja volta i vaig agafar el pom de la porta, però altre cop s'alçà la veu que havia parlat.

—Els jueus són una raça maleïda. El nostre Führer ja ens ha advertit del perill d'aquestes mostres de bondat, darrere de les quals s'amaga la traïció i la corrupció. Segur que el porc jueu que va matar Von Rath també semblava un bon xicot. I ja hem vist el resultat! Un patriota, un alemany, ha caigut, perquè el seu únic crim era haver nascut ari i pur.

Hadler! No podia ser altre. Qui acabava de parlar s'havia posat dempeus amb els punys als ronyons i ens oferia la patètica imatge d'un orador improvisat. Aquell home pertanyia al partit nazi i els altres companys li tenien por. Però, jo no.

—Ho sento, però segueixo sense entendre-hi res. Potser la raça ària necessita demostrar la seva superioritat tot colpejant ancians indefensos? —vaig replicar.

Hadler somrigué amb superioritat i va mirar la resta dels presents.

—Per entendre-ho cal ser alemany —em va respondre.

—He nascut a Alemanya i estimo el meu país. Tant com qualsevol altre alemany! No obstant això, la violència indiscriminada i injustificada em regira els budells.

—Psarris no és un cognom alemany —encara somreia aquell malparit.

—La meva mare era alemanya.

—Però el seu pare era polonès i el seu avi grec. Massa barreja, no creu? —va fer, i escopí al terra.

No vaig poder més i ja anava a llençar-me damunt d'ell quan es va obrir la porta i va aparèixer Herr Voss, el director de l'escola.

—Herr Psarris, haig de parlar amb vostè. Acompanyi'm, si us plau —m'ordenà amb veu autoritària.

Vaig prendre l'abric i vaig abandonar la sala de professors. No sé què hauria pogut passar, si ell no hi intervé.

—S'ha begut l'enteniment? —em va cridar Herr Voss, només tancar la porta del seu despatx.

—Jo?

—Sí, vostè. Com se li ha ocorregut enfrontar-se a Hadler?

—He dit la veritat.

—No és temps per anar amb qualificacions semàntiques o morals —em va tallar—. Sort que no l'ha colpejat! I ara faci cas del meu consell i allunyis d'Hadler tant com pugui. Ho ha entès?

—No puc permetre...

—Calli! I escolti'm amb molta atenció —em va tornar a tallar—. Sento afecte per vostè. El seu pare era un bon home i vostè és un bon mestre i és intel·ligent. De manera que no li costarà gaire entendre que ningú, absolutament ningú, s'alçarà per defensar-lo, i que Hadler anirà per vostè a la primera ocasió que se li presenti. Queda prou clar? —em mirava als ulls, i vaig assentir en silenci—. Alemanya ha esdevingut folla i, tant vostè com jo, som conscients del que està succeint, però en aquests moments enfrontar-se al poder és un suïcidi.

—Algú ha d'aixecar la mà i aturar-los —vaig replicar.

—Encara no ho ha entès? —negà amb el cap—. Aixequi una mà i la hi tallaran. Hem d'esperar el moment. De manera que calmi's i procuri no badar boca.

Li vaig fer cas, tot i que seguia pensant que algú s'havia d'enfrontar amb aquells animals. Tanmateix, vaig concloure que potser tenia raó i, com molts altres, vaig imaginar que el pas del temps podia canviar les coses.

Aquella nefasta nit ha passat a la història amb el nom de *Kristallnacht*, la nit dels vidres trencats. No la oblidaré mai. Com tampoc puc oblidar els ulls plens d'odi de Weissler ni la mirada atemorida de Herr Rahm, perquè hi ha coses que es queden per sempre més enganxades a la memòria, i que res ni ningú no les pot esborrar.

Sí, aquella nefasta nit ha passat a la història amb el nom de *Kristallnacht*, però la disbauxa no es va acabar aquí, perquè no va ser un fet aïllat. Els membres de la *Schutzstafflen*, més coneguts per les SS que lluïen al seu uniforme, van penjar de nou les corretges, es vestiren de carrer i prodigaren els seus salvatges atacs, i el número 8 de Prinz-Albrincht-Strasse, seu central de la *Geheime Staatpolizei*, tristament famosa pel sobrenom de Gestapo, s'omplí de jueus, sobretot dels rics, acusats de conspiració i de traïció.

Tanmateix, si les aigües baixen tèrboles qualsevulla cosa s'hi pot amagar i Ilse em va explicar el motiu de la preocupació del seu pare. Feia anys que un tal Herschel Vogen, també empresari i antic soci de Johannes Hulmmer en un negoci de fustes (ja és casualitat!), li havia proposat un afer que ell no va veure clar, però que al seu soci li podia representar un bon pessic, i s'hi va negar. L'emprenyada va ser tan gran que es van separar. El dia de l'assassinat de Von Rath, el pare d'Ilse assistia a un dinar on també hi era present el seu antic soci. Just a les postres, Vogen va fer un comentari punyent sobre l'avi d'Ilse, que, segons sembla, havia militat al partit comunista. Això ho havia descobert el fill de Vogen, que pertanyia a les SS. A més hi havia de sumar que unes setmanes enrere Johannes havia dit que Heinrich Himmler, ministre de l'interior, era un retardat mental. Havia estat un comentari entre amics, però ja ningú no sabia ni qui era amic ni qui era enemic, i aquesta frase pronunciada en la confiança havia arribat a certes esferes.

—El pare està molt espantat —em va dir Ilse.

I tenia raó per estar-ho. De la mateixa manera que tots nosaltres, perquè allò va ser l'inici de la resta.

3.- EL REICH DELS MIL ANYS

Al gener de 1939 vaig conèixer Inga Hulmmer, la mare d'Ilse. Va ser per casualitat. Era un tarda i elles anaven de botigues. Jo havia comprat un llibre. Aquell juny acabaria els meus estudis a la universitat i ja seria un físic com Déu mana, com els que deien que podien accedir als càrrecs que a mi m'havien negat. I jo vivia il·lusionat i convençut que tot canviaria, perquè semblava que els ànims s'havien asserenat. Potser el Nadal ens havia fet reflexionar tots plegats.

Me les vaig trobar de cara i em vaig quedar clavat, sense poder reaccionar, com un idiota. Ilse es va mostrar neguitosa, i la seva mare la mirà interrogadora.

—Et presento Günter Psarris. Estudia a la universitat. Vol ser físic —va dir Ilse, gairebé sense respirar. La mare continuava mirant-la, esperant alguna cosa més—. Treballa en un institut. Fa classes, de física —aclarí Ilse.

Només se'm va ocórrer ensenyar el llibre que duia a les mans, gairebé com si digués que era cert, el que explicava Ilse. Vam bescanviar unes poques frases de cortesia i em vaig disculpar. Havia d'estudiar. Em vaig acomiadar i vaig marxar tan de presa com vaig poder, perquè em sentia tan cohibit que ni recordo com anava vestida la mare d'Ilse. Únicament recordo que em mirava amb interès i feia un posat que deixava prou clar que havia llegit als ulls de la seva filla que jo era alguna cosa més que un amic, detall que Ilse no va trigar a confirmar-me.

—Quan ens vas deixar, em va cosir a preguntes. Fins i tot, sé que ha parlat amb la mare d'Helena, perquè la meva amiga també ha patit un interrogatori —em va explicar Ilse una setmana després.

—I...? —vaig demanar.

—Sembla que no li caus pas malament —somrigué ella.

—Però, en sap alguna cosa, de nosaltres?

—S'ho ensuma, perquè dissabte vol acompanyar-me a l'òpera. Ara hauré d'anar-hi i no ens podrem veure —em va mirar picardiosa—. M'ha demanat si tu també hi anaves —afegí amb un somriure foteta.

—Suposo que li has dit que no m'agrada.

—Li he dit que no ho sabia, que potser sí que hi anaves —i seguia somrient—. Serà la manera de veure'ns.

—També hi anirà el teu pare? —em vaig esgarrifar.

—Ell no hi va mai —em tranquil·litzà—. Ell no està per aquestes coses de la cultura, i la mare creu que és un bon lloc per conèixer-te amb més detall.

—T'ho ha dit així? —vaig començar a tremolar.

—No cal que m'ho digui. La conec prou bé —va fer un curt silenci—. I ella, a mi —acabà.

—Hi haig d'anar?

—A tu què et sembla?

I tant, que hi havia d'anar! No sé pas per què ho preguntava.

Vaig haver de demanar roba adient i gastar-me part dels meus estalvis per comprar l'entrada. Havia de ser de platea i ben situada.

'

Assegut al pati de butaques, suava tota l'estona. I això que érem a l'hivern! Sabia que representaven *Tannhauser* de Richard Wagner, perquè ho havia llegit al programa. Cridaven molt. Això sí que ho recordo. Ho dic perquè mai no he tingut oïda per l'òpera. Com també recordo que durant l'entreacte vaig sortir per respirar i me les vaig trobar. Fins aleshores, tot i que les havia buscades amb la mirada, no les havia vistes. Elles ocupaven un balcó.

—Günter, és el seu nom. Oi, jove? —em va dir Inga, quan em vaig atansar per saludar-les.

Vestia amb elegància i es movia amb un toc de distinció, amb el cap ben dret, dominadora, tot i que no era tan alta com Ilse. Tanmateix, no calia mirar-les gaire estona per jurar que eren mare i filla, perquè Inga era pastada a Ilse. O millor dit: Ilse havia sortit a ella, que en aquesta vida tot té un ordre i no és bo capgirar-lo.

—Sí, senyora —em vaig inclinar per besar-li la mà —. Vaig tenir el plaer de conèixer-la fa uns dies. Jo havia comprat un llibre...

—Sí, ja me'n recordo —va fer ella, amb un somrís, i va trigar una mica en enretirar la seva mà. M'estava mesurant, sens dubte—. Professor de física —afegí, com si li hagués vingut a la memòria en aquell precís instant.

—A un institut, senyora —vaig aclarir—. Però, si tot va bé, seré llicenciat al juny.

—I a un professor de física, li agrada l'òpera?

—Em permet distreure'm de les meves cabòries.

—Què n'opina, de *Parsifal*? —va canviar de conversa amb una rapidesa esparveradora, gairebé sense donar-me temps a reaccionar.

Em sembla que vaig posar cara de babau. *Parsifal*? Què era això? Vaig sentir un calfred. Segons el programa, estàvem escoltant *Tannhauser* de Richard Wagner. Vaig mirar Ilse, implorant el seu ajut.

—Wagner sempre... —va començar Ilse.

—M'interessa l'opinió de Herr Psarris —la tallà Inga. I es tombà de nou cap a mi amb un ampli somriure.

Jo també vaig somriure. Era una forma de guanyar temps, abans de pujar cap a la forca. El somriure estúpid del pobre desgraciat, perquè era evident que, si no me'n sortia, allà mateix em penjaria. Vejam, vaig meditar cuita-corrents. Si Ilse havia nomenat Wagner, significava que *Parsifal* tenia alguna cosa a veure amb el compositor. Què m'havia sobtat de tot el que havia escoltat dins la sala...? Res, perquè no havia estat per la feina.

—Grandiós, sempre grandiós —se'm va ocórrer dir—. Wagner és sublim —la frase idiota de qui no sap què dir.

Inga anava a replicar, però en aquell precís instant van anunciar que s'encetava el darrer acte. M'havia salvat!

Acabada la representació vaig fugir. No podia tornar a enfrontar-me amb Inga Hulmmer, malgrat que es veia amable.

Dies després, quan em vaig trobar amb Ilse, vaig conèixer el veredicte.

—No tens ni idea d'òpera i no l'has enganyada, però et troba simpàtic.

Uf! Quin descans!

*** ***

Johannes Hulmmer era un home alt i corpulent, seriós, amb una mirada directa que semblava despullar-te. Conservava bona part del seu cabell, d'un color indefinit perquè el blanc es barrejava amb el ros. No parlava gaire, però quan feia una pregunta sempre era encertada i, evidentment, demanava una resposta que hi estigués en consonància.

Jo pensava que seria molt més dur, però va resultar una bassa d'oli, si el comparo amb el que vaig passar a l'òpera. Suposo que la seva esposa, gràcies a una hàbil tasca, el va anar preparant, i aquella primavera vaig entrar a casa seva. Si ja havia conquerit el cor d'Inga, la batalla estava mig guanyada. Això em va dir Ilse, i jo vaig descobrir que, al contrari del que havia imaginat, la seva mare era alegre i xerraire i contrastava poderosament amb el tarannà del seu espòs. La meva mare sempre em deia:

—Quan coneguis una noia i t'agradi, procura conèixer el més aviat possible la seva mare, perquè tindràs un retrat aproximat del futur que t'espera.

Bé! Si era cert, el que pensava la meva mare, m'esperava un futur alegre.

M'havien convidat a sopar i jo m'havia polit una part dels meus estalvis per comprar-me un vestit com cal. En una ocasió tan assenyalada no podia presentar-me dins la roba d'un amic.

El sopar va ser agradable, encara que ni me'n recordo, dels plats que em van servir, perquè no vaig menjar gaire, tot i que tenia una gana que m'alçava. El meu estómac, però, es manifestava contradictori. Durant tota la vetllada em vaig sentir observat per aquells ulls escorcolladors. La conversa va ser distesa, malgrat que, de tant en tant, l'empresari deixava anar alguna de les seves preguntes.

Quan ja pensava que tot s'havia acabat, Johannes es va aixecar de la taula i em va convidar a seguir-lo fins a la biblioteca. Els homes havíem de parlar, va dir. I jo em vaig demanar què significava parlar. Ilse em va prémer la mà i em dirigí un somriure. Inga no va dir res.

La biblioteca era una sala gran, folrada de llibres i amb una xemeneia que presidia un espai més petit on hi havia una tauleta i dos sofàs. Tot decorat amb fusta. Un racó càlid i agradable, tot i que Ilse m'havia dit que el seu pare no llegia gaire. No tenia temps, però li agradava sentir-se envoltat de cultura. Això impressionava la gent.

—La meva esposa m'ha comunicat que Ilse i vostè es veuen amb certa freqüència. Puc preguntar-li quines són les seves intencions, Herr Psarris? —em va demanar, tan bon punt em va allargar la copa de conyac i es va seure al sofà, mentre m'indicava el que hi havia davant seu.

Era un home d'empresa, sens dubte, i anava al gra. Em vaig seure i vaig imitar el seu moviment, tot remenant la copa. Després em vaig aclarir la gola. No m'esperava una pregunta tan directa.

—Per desgràcia els meus pares són morts i no disposo de ningú que pugui parlar per mi. La meva germana Laura és a Viena, casada amb un important funcionari —vaig mentir. La veritat és que, en aquells moments, no sabia ni el lloc que ocupava Hans. Però, què li havia de dir?—. Pel que he pogut veure, vostè és un home a qui li agrada parlar clar, i jo també aprecio les paraules justes i precises.

—Molt bé, jove —va aplaudir l'inici del meu discurs i, tal vegada, m'enviava el missatge que bo seria deixar-se de llargs preàmbuls i també anar al gra.

—Estimo la seva filla, Herr Hulmmer, i lluitaré per ella —vaig fer, i em vaig quedar callat, mirant-lo directament als ulls, sense parpellejar.

Quina bajanada! Encara no sé com se'm va ocórrer dir que lluitaria per ella, perquè, que jo sabés, en aquells moments no hi havia rival. Tanmateix, vaig veure que Johannes Hulmmer em mirava sorprès. Agradablement sorprès, afegiria.

—Amb què compta per viure? —va preguntar, després d'un silenci que se'm va fer etern.

—Amb mi, senyor.

—No crec que el sou d'un professor d'institut li permeti proporcionar Ilse el ritme de vida al qual està acostumada —va dir, tot seriós.

—Disposo d'una petita quantitat de diners que vaig obtenir per la venda de la casa dels meus pares i no seré eternament un senzill professor d'institut —vaig contestar amb seguretat—. D'aquí uns mesos em llicenciaré a la universitat i llavors cercaré un altre treball més en consonància amb la meva posició.

—Té aspiracions?

—Tinc ambició, senyor —vaig seguir amb el mateix to, que semblava que era del seu grat—. Ambició i amor per la seva filla. I un home enamorat...

—L'amor és molt romàntic, però poc pràctic —em va tallar, tot aixecant la mà. Era evident que ja m'havia pres la mida i ja en tenia prou.

—Depèn de com es miri, senyor —vaig replicar. Si havia dit que lluitaria, no podia quedar-me callat—. He escrit a la meva germana i n'he rebut resposta fa un parell de dies. M'han fet una oferta per ocupar el càrrec de professor a la universitat de Viena, on puc entrar a formar part de l'equip d'investigació del doctor Lotslagenheimmer.

Em va semblar que aquestes coses de doctors i d'investigadors podien impressionar, però no va fer cap gest especial. Per contra, va dir:

—Això vol dir que, si es casen, Ilse l'hauria d'acompanyar.

—No significaria en absolut que vostès perdessin la seva filla —em vaig posar en guàrdia.

—Ha acceptat el càrrec?

—No encara. Tinc temps fins l'estiu per respondre. Necessiten cobrir la plaça un cop s'enceti el nou curs i jo haig de tenir la seguretat que aprovaré. Pel moment el meu historial acadèmic és dels millors i haig d'aconseguir acabar de la mateixa manera que he començat.

—Bé! —afirmà amb un sol cop de cap—. Més val que no ho comuniqui, ni a Ilse ni a la meva esposa. Un home que té ambicions i empenta, sempre pot trobar alguna cosa més a prop. Si té temps fins l'estiu, no prengui cap decisió precipitada —va fer un curt silenci,

61

somrigué, i amb un to més suau, afegí—: És un consell que li vull donar, si m'ho permet.

—Li ho agraeixo —vaig acceptar amb un cop de cap.

Ens vam quedar callats una estona. Semblava com si la conversa s'hagués acabat. Ambdós miràvem els prestatges plens de llibres, remenàvem les respectives copes i assaboríem lentament el conyac. Tanmateix, jo no em sentia distès, sinó que hi havia una pregunta dins del meu cervell que em martiritzava fins al punt que no vaig poder més.

—Haig d'entendre que tinc el seu permís per visitar la seva filla? —vaig fer, finalment.

Aquí es va fer un silenci més etern que l'anterior, tot i que segur que va ser igual, però quan la resposta que esperes és essencial, el temps adquireix unes altres dimensions.

Johannes va clavar els ulls a la seva copa. En aquells moments s'adonava que la seva única filla ja era una dona i que la vida segueix el seu curs. Va remenar el líquid, tot escalfant-lo amb la mà oberta, abraçant el cristall. Mai sabies allò que pensava. I no va dir res. Simplement, va apurar la copa i va fer que sí, amb el cap. Llavors es va aixecar i jo vaig entendre que ara sí que la conversa s'havia acabat i que havia superat la primera prova. També vaig apurar el conyac d'un sol glop. Ho necessitava.

—Visitar-la —va fer, quan atrapava la porta—. Visitar-la —repetí, per si no havia quedat prou clar que el seu consentiment no anava més enllà i que la conversa havia estat informal. Una conversa entre dos homes que parlen d'un tercer que no els afecta gens ni mica.

Així era Johannes Hulmmer. Per fora fred, però per dins segur que el seu cor bullia per la seva filla.

*** ***

Aquella primavera també va suposar l'annexió de Bohèmia i Moràvia al III Reich, amb la qual cosa Txecoslovàquia va deixar d'existir i esdevingué un protectorat alemany.

Protectorat...? Hitler ja s'havia apoderat dels Sudets al setembre de l'any 1938 i Àustria li retia homenatge des del mes de març del mateix any. Un cardenal, Joseph Tiso, que presidia el govern autònom del Càrpats, obria els braços i les portes de Txecoslovàquia al dictador, i Hitler s'estenia cap a Europa. El meu pare pertanyia a l'església grega ortodoxa i la meva mare va ser educada en el catolicisme. Ell no practicava la seva religió i la meva mare, per contra, era molt devota. A mi em van educar en la religió catòlica i ella em duia a missa. Tanmateix, jo no acabava d'entendre el paper que havia jugat un cardenal en tot aquell assumpte ni per què l'Església s'embolicava en afers d'estat. A mi sempre m'havia semblat entendre que els sacerdots i els bisbes estaven per tenir cura dels nostres esperits i no pas dels avatars de la política.

D'altra banda, a l'abril, va acabar la guerra a Espanya, conflicte que tots els alemanys seguíem amb molt d'interès, sense adonar-nos que era una guerra cruel com no hi havia hagut cap altra, perquè es van enfrontar germans contra germans. Tanmateix, els nostres comandaments militars només veien que allà s'havien preparat pilots de la Luftwafe. Hitler no podia demanar res més. Tot un país com a camp de tir i d'entrenament per als nostres aviadors. I, al final, molts espanyols van haver de fugir i creuar la frontera francesa. Però això, a nosaltres, no ens importava gens ni mica. Vivíem bé i la guerra era lluny, en un país situat més enllà de França.

El mateix mes, com si el final d'un conflicte signifiqués l'esclat d'un altre, Itàlia també iniciava la seva expansió, mentre el rei Zogu d'Albània havia de fugir i refugiar-se a Grècia, la pàtria dels meus avantpassats, la terra dels grans herois mitològics.

No sé què ens passava, a tots plegats, però van ser uns moments vertaderament increïbles, perquè aquell mateix mes d'abril els anglesos i els polonesos anunciaven la signatura d'un tractat militar de defensa mútua i Hitler responia amb la cancel·lació dels pactes navals i d'amistat amb Gran Bretanya i Polònia. Amistat...? Quina paraula més grollera en boca de segons qui!

Però el més greu de tot és que els alemanys ens sentíem ofesos i, fins i tot, aplaudíem aquelles decisions. Encara teníem ferides obertes per culpa d'una guerra perduda i d'una humiliació que Hitler sabia emprar adientment per tal de fer néixer de nou el sentiment d'orgull que tot poble ha de tenir. Per això les guerres són nefastes, per al vencedor i per al vençut, perquè el vencedor ha d'estar a l'aguait constantment i el vençut només espera l'ocasió per recuperar l'honor i la glòria i, si pot, retornar tots els cops rebuts.

Les rieres poden romandre calmades durant temps i temps. Fins i tot, enganyar-nos. Tanmateix, tard o d'hora les aigües recuperen les forces i arrosseguen tot allò que troben al seu camí. Hadler, aquell desgraciat amb qui em vaig enfrontar l'endemà de la nit dels vidres trencats, no parava de tocar-me el viu i, arribat l'estiu, va abandonar l'institut per ingressar a les files de les SS. Ara esdevenia més que perillós, perquè tenia una memòria d'elefant per a les ofenses.

Durant aquells mesos, Johannes va constatar que jo no era un aprofitat ni algú que pretenia fer-se amb el dot de la seva única filla. En dues ocasions em va oferir d'entrar a treballar a la seva empresa, però jo vaig refusar. No m'hi veia, dins d'un despatx, sent el gendre de l'amo. A més, em volia dedicar a la investigació i Johannes només fabricava.

—Tard o d'hora, algú se n'haurà de fer càrrec —em va dir un dia.

—Algú que en sàpiga i que sigui capaç de tirar endavant el negoci —li vaig contestar—. I jo no em sento preparat.

—Ets honrat i tens seny —va dir. Ja em tutejava. Jo, evidentment, no—. En aquesta vida tot s'aprèn. Escolta bé. La primera qualitat, l'honradesa, en certes circumstàncies, pot esdevenir un defecte. Sobretot en el difícil món dels negocis, on tot s'hi val. Però haig de reconèixer, que la segona, el seny, és, en tot lloc i en tot moment, una virtut.

Aquella era la seva forma de dir-me que em respectava i que estava content, perquè la seva filla havia fet una bona tria. També era una forma de dir-me que, tard o d'hora, acabaria treballant per a ell i que, finalment, m'hauria de fer càrrec del negoci. Ell no tenia pressa i sabia que la paciència és una virtut innegable. Era un home intel·ligent i estava disposat a què jo adquirís experiència en altres llocs, perquè deia que l'experiència és acumulativa i que altres ocupacions acaben per aportar noves idees. Temps tindria per ensenyar-me tot el que volia, malgrat que no deixava escapar cap oportunitat per transmetre'm part de la seva saviesa empresarial i aprofitava qualsevol comentari per fer-ho. Tant era que parléssim de virtuts o de música. Ell sempre sabia trobar la forma i acabava lligant-t'ho tot per convertir-ho en un exemple que li servia per explicar-me com s'havia de dur un negoci.

Durant aquells mesos em vaig moure a nivells diferents dels que estava acostumat. La mare d'Ilse em va presentar força gent i vaig assistir a algunes festes. Encetava una nova vida i era feliç. Qui m'ho havia de dir! El fill d'un immigrant era rebut a casa de gent de la burgesia alemanya, i em tractaven amb consideració.

Tanmateix, tot va canviar a començaments de juny. Jo havia anat a visitar Ilse i m'estava a la sala, en presència de la seva mare. Johannes es va presentar cap a voltants de les sis de la tarda, fet sorprenent, perquè sempre arribava cap a les vuit. Se'l veia estrany, més seriós i més preocupat del que era habitual. Ens va saludar i se'n va anar cap a la biblioteca. Una estona després, va tornar i em va demanar que l'acompanyés. Havia de parlar amb mi.

—Encara pots acceptar l'oferta de Viena? —em preguntà tot just tancar la porta de la biblioteca, a peu dret.

—Haig de respondre abans de fi de mes, però com que estic pendent d'una altra possible oferta que el seu amic Herr Malden m'ha insinuat...

—Accepta l'oferta de Viena —m'ordenà, més que no pas aconsellà.

Em vaig quedar astorat. Què significava allò? Que ja no era del seu grat? Potser em volia apartar d'Ilse? I vaig sentir un calfred que recorria tota la meva esquena.

—Però... —vaig fer.

—Peter Malden no et farà cap oferta —sentencià.

—No marxaré sense la seva filla —em vaig quadrar.

—Podem fixar la boda per aquest estiu —em va contestar—. Finals de juliol seria una bona data.

—Senyor, jo... —em vaig quedar sense paraules. No entenia res de res. A què treia cap aquell canvi tan sobtat i aquelles presses?

—No em vas dir que l'estimaves?

—Naturalment! —vaig fer—. Tanmateix, encara no estic en posició de mantenir-la com ella es mereix. El darrer examen el tinc d'aquí dos dies i ja hauré acabat, però...

—Això no t'ha de preocupar. El que vull és que te l'emportis a Viena, lluny d'aquí —em contestà, i es mossegà els llavis.

—Tan greu és? —vaig demanar. El mirava i no acabava de creure que aquell home tingués por. Tanmateix, els seus ulls reflectien una profunda preocupació.

—Fa uns dies un parell d'homes, que es van presentar com inspectors d'hisenda, van venir a la fàbrica —començà a parlar amb un to baix—. S'hi van estar força estona i van demanar informació sobre els meus empleats, sobre mi i sobre els nostres clients.

—I què? Vostè no té res per amagar.

—No, evidentment. Però així és com va començar la caiguda d'un altre empresari. Primer una visita fortuïta, després una conversa amb els clients, les comandes que comencen a minvar, els empleats que marxen i... —va bellugar el cap a un costat i a l'altre.

—I què li fa suposar que es tracta del mateix cas?

—No es van mirar els comptes i es veia d'una hora lluny que no entenien ni una paraula de comptabilitat. A més, anaven armats. Li vaig veure la pistola a un d'ells. Aquesta tarda he rebut una trucada de Peter Malden. L'havien visitat dos homes i li havien preguntat si ell compraria a un home que no és un bon alemany. No han esmentat el meu nom, però quan li han suggerit un nom per ocupar la vacant que té a la seva empresa... —em va explicar, i va deixar la frase penjada. No calia dir res més, però va continuar—. No et farà cap oferta, perquè ja ha agafat un altre físic per a la foneria. El pobre em trucava per disculpar-se. Està espantat. El seu negoci depèn de les comandes de l'exèrcit i perdre aquest client seria perdre-ho tot. Comprens?

—Demà mateix escriuré a la meva germana i acceptaré el lloc a la universitat.

—No diguis res a Ilse, i menys a Inga —insistí de nou en aquest punt—. Conec prou bé la meva esposa i ja sé com s'ho prendrà. L'hem de preparar.

Ja no en vam tornar a parlar més, fins el dia de la boda, el 14 de juliol. No sé com Johannes s'ho va manegar, però Inga va acceptar que la boda fos precipitada i, el que encara és més increïble, que Ilse i jo marxéssim cap a Viena. Penso que Johannes, al final, li va confessar que era la millor manera de protegir la seva única filla, i alguna cosa més li devia explicar, perquè la cerimònia va ser senzilla, amb pocs convidats, només el més íntims. Molts s'havien excusat. Quan algú cau en desgracia, tothom fuig.

Per part meva només van assistir-hi Frau Reitlinger, que va plorar com mai no ho havia fet, i, naturalment, Herr Voss. Ella havia estat com una marassa per mi i ell havia pres el relleu del meu pare i m'havia protegit d'Hadler tant com havia pogut. Era un gran home i em va estrènyer la mà amb força per desitjar-me bona sort. Feia uns dies que li havia comunicat que havia acceptat la fenia de Viena i ho va trobar d'allò més encertat. La distància ajuda a diluir moltes coses.

Laura i Hans van rebre la notícia que m'havia casat gairebé el mateix dia de la boda i em van trucar per telèfon. Vaig haver d'inventar mil excuses. Tot s'havia precipitat, volíem marxar plegats, els seus pares havien cedit, calia aprofitar l'avinentesa... i no sé quantes bajanades més, que vaig procurar que semblessin convincents.

Vaig arreplegar les meves pertinences de casa de Frau Reitlinger, que va tornar a inundar el terra de llàgrimes, i me'n vaig anar a viure a casa dels pares d'Ilse.

Cada matí esmorzava com quan era amb la mare. Ja ni me'n recordava! Pobra dona! Hauria estat molt feliç, immensament feliç. I el meu pare s'hauria sentit molt orgullós de mi, del meu títol i de l'esposa que havia triat. Però el millor de tot, no era l'esmorzar, sinó el petó amb el que Ilse em despertava cada matí. Era com viure dalt d'un núvol, malgrat que després arribava la realitat i el món exterior seguia indicant-me que Alemanya havia entrat de ple en la follia.

En aquells dies van aparèixer nous edictes contra els jueus. Ja no n'hi havia prou amb una jota damunt del seu passaport, símbol de *jude*. Ara ja no podien disposar de carnet de conduir i els seus fills no podien accedir a les escoles alemanyes, de la mateixa manera que els adults tenien prohibit presentar-se als exàmens per a la indústria i als de veterinari, dentista o farmacèutic.

El pare d'Ilse, tot i que no va dir res, va perdre dos operaris, que no van ser substituïts per ningú. El negoci minvava. Però, ell no explicava res, sinó que tot s'ho guardava, somreia sovint i posava cara de felicitat cada cop que la seva filla era present. Amb mi tampoc parlava del negoci, sinó que desviava la qüestió amb molta habilitat i procurava parlar dels negocis en general, com si seguís la seva tàctica de fer-me dipositari dels seus coneixements i de la seva experiència, però jo no veia en ell el mateix entusiasme de temps enrere.

Dies després Ilse i jo sortíem camí d'Àustria. A Inga se li van escapar les llàgrimes quan el tren arrencava i va arrossegar les d'Ilse. Déu meu! Tot eren llàgrimes. Johannes, per contra, romania serè i ferm, com era el seu costum, sense mai exterioritzar els seus sentiments en públic.

—Tingues cura d'ella —m'havia ordenat dos dies abans. I ho va fer amb un to imperatiu.

—Li juro que la faré feliç —li havia contestat.

—Té —m'havia dit, dipositant a les meves mans un sobre ple de diners.

Vaig intentar refusar-lo. Podia vetllar per la seva fila, havia argumentat. Però ell havia insistit i m'obligà a acceptar-lo. No hi podia haver discussió.

—És l'única filla que tenim i no li ha de mancar res de res.

—No li mancarà res. Té la meva paraula d'honor.

71

El fum de la caldera atrapava les voltes del sostre de l'estació quan el darrer vagó abandonava l'andana. Ilse es va eixugar les llàgrimes, es va enretirar de la finestra i em va abraçar. Jo pensava en Johannes, en la seva mirada quan m'havia donat el sobre amb els diners, i en Inga, en la forma com havia premut el meu braç, just abans de pujar al tren.

—Ens veurem per Nadal —li havia dit jo, somrient.

—Si Déu ho vol —m'havia contestat ella.

Si Déu ho vol, meditava jo. Ilse anava camí d'una altra vida, lluny dels seus pares, i suposo que ells devien d'imaginar que un nou horitzó s'obria davant nostre i resaven per tal que jo fos capaç de tenir cura d'ella.

Vam travessar Alemanya i vaig constatar que la Gestapo vigilava totes les estacions. No ens vam poder escapar dels constants controls. Tot i així, sortosament teníem tots els documents en ordre i vam franquejar totes les barreres sense cap mena d'entrebanc, malgrat que vam ser testimonis de diverses detencions de persones que, per una o altra raó, miraven de fugir de les urpes d'un estat que cada dia es tornava més i més policial. El III Reich, el dels mil anys que anunciava Hitler, havia de disposar de bons fonaments per mantenir-se tant de temps. I els integrants del poble alemany, disciplinats i obedients com érem, acceptàvem aquelles imposicions com si formessin part de la mateixa vida.

Va ser en territori austríac on vam presenciar el més dramàtic de tots els fets.

El tren s'havia aturat en una petita població, de la qual no recordo el nom, però que bé podria servir com a motiu d'una postal. Cases petites d'alegres finestrals coberts de flors pertot arreu, que s'afileraven al llarg de tot el carrer que donava a l'estació, i envoltades per muntanyes plenes de vegetació. L'únic element discordant de tan bucòlic paisatge era un altre tren, una locomotora negra que arrossegava una pila de vagons de mercaderies i que semblava esperar l'ordre d'arrencar.

Ocupàvem un compartiment, perquè no havíem aconseguit bitllet de cabina individual. Entre la boda, una cosa i l'altra, ens havíem despistat i a darrera hora vam haver de conformar-nos amb el que vam trobar. Si més no, el bitllet era de segona i no havíem de viatjar en el vagó de tercera, entre caixes i paquets que omplien tots els racons, sinó que el compartiment era còmode i ampli, amb bones butaques, i podíem sortir al passadís per estirar les cames.

Ilse s'havia adormit i el seu cap reposava damunt de la meva espatlla. De sobte, es despertà, obrí els ulls i em mirà. Després mirà cap a la finestra.

—On som? —va preguntar.

—Enmig d'un conte de fades —vaig fer broma.

—Queda molt per arribar a Viena?

—Suposo que no, perquè ja som a Àustria. No obstant això, tot depèn del que ens facin esperar —vaig somriure. Llavors els meus ulls van descobrir la presència d'aquells homes—. Un altre cop la Gestapo —

vaig mormolar, mentre tot el meu conte de fades se n'anava en orris davant dels uniformes i els vestits foscos de paisà que trencaven l'harmonia del conjunt—. S'ha acabat el conte de fades i comença un de terror — vaig fer, a cau d'orella d'Ilse.

Des que havíem abandonat l'estació de Brandemburg no paràvem de veure uniformes i tropes pertot arreu, molt moviment ordenat, tal com saben fer al meu país.

El meu país...? Bé! Allà vaig néixer. Deu ser el meu país, encara que jo no me'n sento, d'enlloc. Per això dic el meu país, perquè sembla que tota persona ha de tenir un lloc que consideri com a propi.

El cert és que feia tota la fila que l'exèrcit es preparava per alguna de grossa. Es parlava de Polònia, però només en veu baixa. Tanmateix, no ens ho acabàvem de creure, perquè les potències occidentals, amb França i Gran Bretanya al cap, havien deixat prou clar que no tolerarien cap acció contra aquell país, la pàtria del meu pare.

Estàvem cansats pel llarg viatge i desitjava arribar a Viena i poder seure tranquil·lament en un sofà com Déu mana, malgrat que a estones viatjàvem sols i podíem estirar les cames amb tota llibertat.

Davant nostre, en el mateix compartiment, havien anat desfilant persones de tot tipus i condició, des de matrimonis amb fills fins a ancians. Gairebé no vam parlar amb ningú. Nosaltres teníem el nostre propi món, i més d'algun d'aquells matrimonis ens miraven i somreien divertits. No podíem amagar que érem uns noucasats.

Ara ens trobàvem en companyia d'un home gras que havia intentat encetar diverses converses amb nosaltres i amb l'altre home que també ens acompanyava, d'uns quaranta anys, alt i prim, moreno i que feia tota la fila d'estar tens i preocupat. Havia pres el tren quatre estacions abans.

L'home gras ens havia informat que treballava de representant d'una casa de llenceria per a la llar, que era el millor i que per això podia permetre's viatjar en segona, i, després de presentar-nos amb tot luxe de detalls les excel·lències dels seus productes, s'havia interessat per nosaltres. Volia aparentar una exquisidesa de la qual freturava, perquè era cridaner i groller. Jo li havia respost sense gaire entusiasme i, finalment, s'havia dirigit cap a l'altre home. Tampoc havia aconseguit gaire èxit. De manera que es va cansar de parlar tot sol i va guardar silenci. Des d'aleshores havíem pogut viatjar tranquils.

Portàvem ja uns quants minuts aturats i la figura del revisor creuà fugaçment per davant de la porta del compartiment. L'home prim i nerviós es va aixecar, obrí la porta i sortí al passadís.

—Per què triguem tant a marxar? —vam escoltar que preguntava.

—Pura rutina, senyor —li va contestar el revisor —. Així que acabi el control, podrem reprendre el viatge.

—Ja hem patit dos controls. No n'hi ha prou?

—Volen passar compartiment per compartiment. Això és el que m'han dit.

Aquell home entrà de nou i s'atansà a la finestra, que estava gairebé tota ocupada per l'enorme cos del viatjant. Els seus ulls no paraven d'escorcollar l'exterior, es movia inquiet i mormolava paraules amb veu tan baixa que no vaig entendre-hi res, del que deia.

De sobte una escena va cridar la seva atenció i es va quedar uns moments amb la mirada fixa en un punt. Era evident que dubtava. Es tombà, ens mirà, a Ilse i a mi, es mossegà els llavis, es retirà de la finestra, va prendre la seva maleta, es va acomiadar de pressa i va sortir.

Instants després el vam poder veure a l'andana. Semblava no saber cap a on anar. Tan aviat mirava amunt i avall com començava a caminar com s'aturava, com refeia les seves passes.

—Vostè! Vingui cap aquí! —vam escoltar una veu autoritària, sense poder veure qui havia donat l'ordre.

Tanmateix, aquell home, lluny d'obeir, va deixar anar la maleta, sortí cames ajudeu-me cap a les vies i va desaparèixer entre els vagons de mercaderies de l'altre tren.

Crits, passes, ordres i membres de la Gestapo que també corrien amunt i avall. Tot anava en dansa, oferint un espectacle als viatgers que ja estàvem farts d'esperar.

No havia transcorregut ni un minut que vam tornar a sentir les botes militars damunt l'andana de fusta. Nous Gestapo s'hi sumaven a la persecució. I, poc després, més crits, dos trets i el silenci absolut.

El representant de llenceria havia baixat la finestra i romania recolzat amb gairebé mig cos fora per no perdre's cap detall. Llavors va començar a parlar i a parlar, a retransmetre tot el que veia. Jo també m'havia aixecat i mirava per la finestra, mentre Ilse s'havia agafat al meu braç amb força. Jo no pensava en res de res. Només sentia la veu d'aquell viatjant gras, però no escoltava el que deia, sinó que tenia el cor encongit.

Un home amb un vestit fosc i un barret va sorgir d'entre els vagons de mercaderies i immediatament després van aparèixer dos soldats que mig arrossegaven el cos de l'infortunat. Semblava ferit, perquè caminava coix, detall que vaig poder confirmar quan van ser més a prop.

Un tercer soldat s'hi afegí per tancar una possible fugida del presoner i, tot just quan pujaven a l'andana i estiraven aquell cos, el pobre home va deixar anar un crit de dolor i es va plegar per agafar-se la cama dreta. Ho recordo com si fos ara mateix. Llavors, el soldat que tancava la comitiva va descarregar un cop amb la culata del seu fusell als ronyons del desgraciat.

Ilse va amagar la cara al meu braç i es tapà la boca per impedir que el crit s'escapolís de la seva gola.

—L'han enxampat! —va fer el representant de llenceria. Ara sí que el vaig sentir i escoltar, perquè se'l veia content, eufòric, entusiasmat. Potser, fins i tot, li hauria agradat ser entre els soldats—. Era un tipus ben estrany. Jo de seguida he sospitat d'ell. S'hi han fixat, que feia cara de jueu? —afegí amb entusiasme.

No vaig respondre. Vaig abraçar Ilse i la vaig ajudar a seure. Desitjava contradir-lo, però més valia guardar silenci. El poder de la Gestapo era tan gran que podien detenir qualsevol en qualsevol moment i sota qualsevulla acusació. Havia de ser prudent.

Aquest era el Reich dels mil anys!

4.- VIENA

L'estació era plena de gom a gom. El tren va entrar amb lentitud i es va aturar a l'andana després de deixar escapar un bon parell de bufades. Per fi havíem arribat! Cansats, apallissats i esgotats, però feliços.

Vam baixar i ens vam barrejar amb la gent que es movia sortejant els que ja havien trobats els seus parents o amics i s'abraçaven. Duia el resguard de l'equipatge a la mà i cercava un mosso de corda per lliurar-l'hi i que es fes càrrec de buscar-nos el bagul i les dues maletes, però tots anaven de corcoll i jo devia semblar un pobre passerell amb un paper a la mà, aixecant el braç i quedant-me amb la paraula a la boca.

—Günter! Günter! —vaig escoltar el meu nom pronunciat per una veu femenina que m'era molt familiar, i em vaig tombar.

Sota aquella mà que es bellugava com una banderola vaig reconèixer Laura. Anava enfundada en un vestit verd un xic cridaner i va arrencar a córrer cap a nosaltres fent cas omís del cap d'estació que intentava impedir-li que traspassés el control sense donar-li el bitllet d'andana. Ella es va aturar un instant, emprenyada, i li va dir alguna cosa. No havia canviat gens ni mica. Era la de sempre. Llavors, el cap d'estació va abaixar el cap, es va apartar i la va deixar passar.

La vaig veure arribar amb tota la càrrega d'alegria al damunt i es va llençar als meus braços i va fer uns petits crits, mentre m'estrenyia amb força, aixecava els peus del terra i m'obligava a mantenir l'equilibri. Desbordava felicitat. Jo era el seu germà preferit, em repetia sempre, quan era un marrec. I jo somreia satisfet, sense tenir en compte que també era el seu únic germà.

—Et presento Ilse —vaig fer, quan vaig aconseguir lliurar-me d'aquella abraçada i recuperar la facultat de respirar. Llavors em vaig tombar cap a la meva esposa—. Ilse, aquesta és la meva germana Laura, la més gran de totes les esvalotadores d'aquest món.

—Quina alegria! —exclamà Laura, va abraçar Ilse amb força i li va clavar un parell petons que ressonaren per tota l'estació. Després es va enretirar un xic, sense deixar-la anar de les mans, i examinà Ilse sense cap mena de pudor, de dalt a baix—. No m'estranya que hagis caçat l'ovella negra de la família. Ets preciosa. El pare deia que no en faríem res d'ell, sempre entre llibres i amb estranyes idees al cap —De sobte, sense deixar que Ilse podés badar boca, canvià de conversa—. Heu tingut bon viatge? Sí? Ai, estimada! M'has d'explicar moltes coses. M'ho has d'explicar tot —es disparà—. Segur que esteu cansats. Farem això: vindreu a casa nostra, prendreu un bany d'escuma, soparem i a dormir. Demà, amb calma, us portaré al vostre niuet d'amor. Quina il·lusió! És un apartament preciós que Hans us ha aconseguit. Però tu, estimada, m'ho has d'explicar tot. Sereu molt feliços a Viena. És una ciutat magnífica. Ja ho veureu... —gesticulava sense parar, com si l'estació fos seva.

Vaig mirar Ilse i vaig alçar les celles, mentre premia els llavis i torçava el coll per deixar caure el cap a un cantó. Laura era així. Parlava pels descosits i mai no es cansava. Als seus llavis, qualsevol detall esdevenia motiu de conversa i, al seu costat, ningú no podia pronunciar més de cinc mots seguits, perquè a la que feies una pausa per respirar, ja t'havia robat la paraula. Ho explicava tot: des del dinar dels nens fins la faldilla que s'havia comprat aquell matí, sense ometre la conversa que havia tingut amb la dependenta. Una autèntica metralladora verbal, capaç de romandre atenta a tres converses simultànies sense perdre el fil de cap d'elles ni per un instant. La mare també gaudia d'aquesta habilitat, però Laura l'havia incrementada fins a extrems impensables.

Ja m'havia oblidat del resguard de l'equipatge i Laura es penjà del meu braç, agafà Ilse per la cintura i començà a caminar. Evidentment, sense deixar de parlar i parlar, aliena al bullici de l'estació. Al seu costat sempre hom tenia la sensació que el món girava al seu voltant.

Em sentia cada cop més cansat i vaig caminar amb la vista baixa, fins que els meus ulls toparen amb unes botes de mitja canya. En aquell instant, Laura va callar en sec i s'aturà.

Vaig aixecar la mirada d'una embranzida i em vaig trobar amb la figura alta i prima i el rostre de Hans. «Déu del cel!», vaig ser a punt de cridar.

Hans vestia l'uniforme negre i plata de les SS. Al seu braç esquerre lluïa un braçalet amb la creu gammada i la seva gorra de plat exhibia amenaçadora la calavera sota l'àliga amb les ales desplegades, que roman damunt d'un cercle que circumscriu una altra creu gammada que és la germana petita de la del braçalet.

En veure aquell uniforme se'm va desbocar el cor. Tanmateix, vaig reaccionar immediatament, em vaig tombar cap a Laura i li vaig dedicar un ampli somriure, mentre li deia:

—Això s'avisa! Un oficial de les glorioses SS... —i vaig deixar anar un perllongat xiulet d'admiració.

—Us presento el capità Hans Teschler —va dir Laura amb mostres d'evident orgull. I va pronunciar el mot capità amb força i amb marcat accent.

—Haig de tractar-te de vostè o puc continuar tractant-te de tu? —vaig fer broma.

Hans somrigué. Li havia agradat la meva reacció. Llavors allargà la mà i va tocar la meva sense doblegar un pèl l'esquena, dominador i segur d'ell mateix.

—Et presento Ilse —em vaig tombar cap a la meva esposa—. Aquest és Hans, de qui ja m'has sentit a parlar. Bé... el capità Hans Teschler de les SS —vaig repetir.

Hans es va avançar, la va abraçar i li va fer un parell de petons.

—Encantada, capità... —digué Ilse amb timidesa.

—Digues-me Hans i tracta'm de tu, si us plau — somrigué ell.

—Haig de recollir l'equipatge —vaig fer, amb el resguard a la mà. Ho acabava de recordar en aquell instant.

Hans me'l va prendre i, sense ni tan sols tombar-se, va fer petar els dits i un soldat va venir tot corrents. No li va dir res. Només li va passar el resguard i ja n'hi va haver prou. Ni se l'havia mirat.

Quan vam arribar al carrer, ens esperava un cotxe oficial i dos soldats ja havien començat a carregar el nostre equipatge. Era evident que Hans acabava de fer-nos tota una demostració del seu poder i de l'eficàcia de l'exèrcit del III Reich. I se'l veia cofoi.

Durant tot el trajecte vam escoltar les explicacions de Laura. Ens va dir que Hans havia obtingut el grau de capità de les SS mercès a la seva brillant tasca al front de les files del partit nazi, abans de l'annexió d'Àustria.

Una carrera ràpida, sorprenent i brillant, i un salt espectacular que els havia permès canviar d'habitatge i mudar-se a una casa amb jardí i fer-se amb l'alta societat de Viena. Ella, filla d'un immigrant polonès, ara es movia per les esferes pròximes a Eichmann, artífex per excel·lència d'un enginyós pla per «netejar» Àustria de jueus i indesitjables.

Jo l'escoltava amb atenció i, també ho haig de dir, amb estupor. La meva germana, aquella que de petita jugava amb mi, quan el nostre pare havia de lluitar per construir un futur, la mateixa que va renegar de tot i de tothom quan el pare va morir, amb sang grega i polonesa a les venes, parlava de la gent que no era de raça pura germànica amb un menyspreu desmesurat i absolutament impropi de la seva persona. Diuen que no hi ha pitjor fanàtic que un convers, i deu ser veritat. «Què és el que fa canviar un ésser humà fins a l'extrem que ens sembla un desconegut?», em preguntava jo, mentre escoltava en silenci.

Hans, per la seva banda, manifestava en els seus ulls l'orgull que sentia per la seva esposa. En ella tenia la millor propagandista del règim nazi i segur que més d'un dels seus superiors l'havia felicitat.

A mesura que els carrers desfilaven davant nostre, tots els misteris s'esvaïren. La rapidesa de la resposta de Laura, ja no tenia secret; el lloc que m'havia trobat a la universitat, amb l'equip d'investigació del doctor Lotslagenheimmer, tampoc representava cap sorpresa; i no parlem de l'apartament que ens havia trobat en ple centre de la capital, ampli i còmode, lluminós i orientat al sud, ben a prop del Konzerthaus, el temple de la música vienesa, i a un preu vertaderament irrisori. No se n'hi va estar, d'explicar-nos que pertanyia a un jueu a qui li havien expropiat. I immediatament va corregir el verb i ens va dir que més que expropiat, el jueu en qüestió l'havia donat «voluntàriament» al govern en abandonar Àustria, perquè no l'havia pogut vendre. M'esgarrifava veure que Laura tenia molta cura que el llenguatge fos el més adient i emprava les paraules oficialment acceptades.

—Per cert! —va fer de sobte—. Encara que hagi pertangut a un jueu, no us heu d'amoïnar. Hans ha ordenat que el desinfectin de dalt a baix —digué amb un gest de disgust, gairebé de fàstic.

Vaig notar que Ilse m'estrenyia la mà amb força. Ella també pensava com jo i pensava en els seus pares i com havíem abandonat Berlín. Tanmateix, no va fer cap comentari, sinó que amb molta habilitat va desviar la conversa i es va interessar per la vida a Viena, per la seva arquitectura monumental, pels parcs i pels jardins que trobàvem a cada passa. Prou que sabia allò que passava dins meu, només amb una mirada. I jo sabia molt bé que ella estava tan esgarrifada que havia de fer esforços per no saltar del cotxe i sortir corrents. Sants del cel! Allò era un altre malson.

—Viureu a prop de l'Statpark i ja us adonareu que Viena és una ciutat magnífica i única al món —no deixava de parlar Laura, mentre el cotxe oficial recorria els carrers i les avingudes d'aquella meravella arquitectònica.

Vam arribar a casa de Laura i Hans. Davant hi havia un jardí preciós on hi jugaven un parell de marrecs. Una donzella va obrir les portes de la reixa i el cotxe va entrar-hi i es va aturar davant d'un porxo suportat per dues grans columnes. La casa era de grans blocs de pedra, elegant i plena de distinció. Evidentment, el salt que havien fet, socialment parlant, era més que espectacular.

Heinrich i Otto, els dos fills del matrimoni Teschler, els meus nebots, hi jugaven a soldats i van interrompre la seva ocupació per venir a saludar-nos.

Només baixar del cotxe, Ute, la dona que mantenia en ordre la casa i que tenia cura dels dos infants, ens va obrir la porta.

—Saludeu els vostres oncles —ordenà Ute als dos nens.

Otto, el més petit, amb cinc anys, es va atansar recelós, però Ilse se'l va guanyar de seguida i li va fer un parell de petons i pessigolles. Era un nen alegre i divertit, amb cara de trapella, que se'm va penjar del coll per escapar-se de les mans juganeres d'Ilse.

Heinrich, per contra, amb els seus tot just deu anys es va mantenir distant i va allargar la mà, gairebé amb fredor, mentre adoptava un posat orgullós i rígid, impropi de la seva edat, més adient amb qui ja no vol ser tractat com un infant.

—Quin grau tens, oncle Günter? —em va demanar.

—No sóc militar, sinó científic —li vaig respondre amb un somriure.

—Oh! —exclamà ell, visiblement decebut per la resposta.

—No tothom té la capacitat del teu pare —vaig afegir.

—És cert —va fer ell, amb les mans creuades a l'esquena, simulant un gest greu. Era patètic contemplar la seva imatge, amb tots aquests gests que no tenien res a veure amb un infant.

—És gràcies als científics que gaudim de tot el que ens envolta. No tindríem armes sense el resultat de les seves investigacions —s'avançà Hans.

—I és clar! —exclamà Heinrich—. No hi havia caigut —va afirmar amb el cap, i llavors ja em va mirar de bon ull.

—Aneu a jugar —concedí Hans el seu permís, i els dos nens se'n tornaren, al jardí.

—El teu fill va per general —vaig fer broma. Es veia d'una hora lluny que Hans estava orgullós del seu primogènit.

—Heinrich! —cridà Laura—. Vigila de no fer-vos mal.

La mirada freda que el nen va dedicar a Laura va ser la prova més evident de la ferida que aquella frase l'infringia. Volia ser home abans del que la natura havia disposat i assumia a la perfecció el paper de digne representant d'una raça superior, la del Reich dels mil anys.

*** ***

Arribar amb la recomanació d'uns dels col·laboradors d'Himmler sota el braç no era cap bajanada. El mateix doctor Lotslagenheimmer, un home d'uns cinquanta anys, amb els cabells completament blancs, la imatge del savi respectat per tothom, em va rebre personalment i em va presentar la resta de col·laboradors. Molts d'ells ja els he oblidat. Si més no, el nom. Jo treballaria amb el professor Naumman, expert en cristalització. Ho havien decidit perquè jo arribava amb un bon historial i unes notes excel·lents, a més d'una carta de recomanació de la universitat de Berlín en la qual es feia especial esment d'uns experiments que havia dut a terme al laboratori en matèria de sublimació de gasos. Aquest detall havia interessat especialment a Lotslagenheimmer. I a mi em va sorprendre que aquell laboratori estigués equipat amb tot tipus de material. Molt ben equipat!

El primer dia em vaig familiaritzar amb l'entorn. On era cada cosa, el meu petit despatx, el laboratori, les persones,...

Naumman era un home gran, amb molta experiència. Tenia a prop de seixanta anys, alt, gras i calb. Duia unes ulleres de muntura metàl·lica, massa petites pel seu rostre rodó, que se li enganxaven a les temples i li deixaven una línia ben marcada. Era molt amable, em va rebre amb simpatia i de seguida em va ajudar a situar-me. Xerrava tot el temps. Se sentia content, em deia, perquè durant els dos darrers anys havia treballat sol i es comportava com un pare que ensenya al seu fill. Fins i tot ens va convidar, a Ilse i a mi, a sopar a casa seva. La seva esposa era una dona en consonància amb ell. Hedwig, era el seu nom. Amable com ell, xerraire i gran cuinera. Van fer bona amistat amb Ilse. Aquell matrimoni li recordava els seus pares, i a mi els meus.

La nostra casa era un apartament gran, de cinc habitacions, ben decorat, amb mobles seriosos i molts quadres. Es notava que les bones pintures, les de firma, havien estat substituïdes per altres, perquè en algun lloc les marques de la paret mostraven que hi havia hagut una de més gran. Tanmateix, poc que ens podíem queixar. Teníem un gran menjador que donava directament al carrer, amb una bona balconada que prenia tot el llarg de la façana i que ens permetia gaudir de l'Statpark. El dormitori principal, el de matrimoni, també era gran. En fi! Un palau, si el comparava amb la meva habitació a casa de Frau Reitlinger. Un vertader somni.

El segon dia, quan vaig arribar a casa, Ilse estava escrivint una carta als seus pares. Els explicava totes les meravelles que ens havíem trobat. Això els deixaria força tranquils i Johannes veuria que jo havia estat capaç de complir la meva paraula de tenir cura de la seva filla.

En ben pocs dies ens vam integrar a la vida vienesa. Laura, entre tanta xerrameca, havia dit algunes veritats innegables. La capital d'Àustria era una ciutat única, si trèiem els uniformes que ja semblaven formar part del decorat. Llavors quedava la grandesa dels seus edificis imponents i la música, que presidia qualsevol acte, perquè els vienesos estimen la música per damunt de tot. Entre una cosa i l'altra, no era gens difícil escoltar un vals amb la imaginació i crear parelles que ballaven als enormes salons dels palaus de Gollersdorf, Pommerfelden o Belvedere. Tot allò que ens envoltava regalimava grandesa d'imperi: des del museu d'art fins l'edifici de l'ajuntament, sense oblidar els monuments religiosos, com la Votirkirche o la catedral de Sant Esteve. Els amplis jardins situats enmig de la ciutat encara esperonaven més la imaginació del visitant i no ens costava gens ni mica delectar-nos amb la visió figurada de grans carrosses que sortien de palau i es dirigien, en lenta i cerimoniosa processó, cap a l'òpera. En època dels emperadors allò havia de ser un espectacle constant.

Érem feliços, i quan un és feliç, viu la seva felicitat i esdevé cec davant de la realitat que l'envolta. Potser perquè la realitat no és bonica i ens estimem més tancar els ulls i somiar. Mentre nosaltres érem allà, Europa s'estava trencant en dues parts. El dictador Mussolini s'atansava perillosament a les postures germàniques i fins i tot mirava de superar-les. Tanmateix, no era gens fàcil avançar-se a Hitler, que s'havia preocupat de deportar una bona colla de jueus a Polònia per, després, envair-la amb l'excusa que representava un perill evident. Això va tenir lloc poc després de la nostra arribada a Viena. El primer dia del mes de setembre d'aquell mateix any, 1939, les forces alemanyes creuaven la frontera i trepitjaven Polònia.

La campanya de Polònia, amb tots els prolegòmens, va constituir una vertadera pantomima no exempta de menyspreu cap a les forces aliades occidentals. Hitler, tal com ja he dit, s'havia preocupat d'omplir-la de jueus i indesitjables i, després, va atacar, malgrat totes les promeses en sentit contrari. Va comptar, això sí, amb el consentiment i fins i tot l'ajuda de Rússia, que es va quedar amb més de dos-cents mil quilòmetres quadrats de territori polonès.

Acabava d'esclatar la guerra a Europa. França i Gran Bretanya van confiar en les notícies que apuntaven que Polònia comptava amb vuitanta divisions i quatre-cents vint avions, però la realitat va ser que només hi havia trenta divisions i que la major part dels seus avions van ser destruïts per la Luftwaffe en poques hores, en un atac per sorpresa que no els va deixar ni reaccionar.

Aquella va ser la primera ocasió que vaig sentir parlar de la *blitzkrieg*, la guerra llampec. Només vint dies i Hitler i Stalin es van repartir Polònia com a bons germans.

Els aliats van bramar, però no van fer res més. El 14 de setembre, el Royal Oak, el poderós cuirassat britànic, s'enfonsava víctima d'un torpede disparat per un submarí alemany. Hitler no tenia mida ni pudor per manifestar obertament el seu menyspreu pels aliats.

Polònia va quedar dividida en tres parts. Una sota control soviètic, l'altra sota control alemany i la tercera amb un govern titella amb capital a Cracòvia.

I, mentre, nosaltres feliços, perquè a l'eufòria inicial que regnava a Viena va seguir uns dies d'expectació. Els francesos i els britànics no deixaven de concentrar tropes a la línia Maginot.

Hans, per la seva banda, parlava del seu Führer com si fos un déu. Les SS cada dia eren més poderoses i Himmler s'albirava com un dels homes forts del règim, perquè adquiria poder absolut sobre tots els cossos de seguretat de l'estat, i escollia Reinhard Heydrich, un home fred i despietat, com el seu braç dret. Tothom tenia por d'Heydrich, i Hans deia, amb cert desgrat, que es comentava que tenia un avantpassat jueu. Per això era tan despietat: per tapar la seva vergonya.

Per contra, Eichmann mereixia tots els elogis del meu cunyat. Em deia, una i altra vegada, que Eichmann era el gran organitzador, l'home que havia despullat els jueus de totes les seves possessions i els havia deixat triar entre abandonar Àustria o anar a petar a un dels camps de treball, com el de Mauthausen que, segons Hans, constituïa tot un model en el seu gènere. D'allà s'extreien els blocs de pedra que servien per construir els grans edificis de l'imperi. Havia estat triat perquè hi havia una pedrera i es trobava a prop de Linz, ciutat especialment estimada per Hitler, on havia viscut bona part de la seva infantesa.

Sí, érem feliços, però, malgrat que procuràvem viure al marge dels esdeveniments, era absolutament impossible tancar els ulls i les orelles a la gran quantitat de rumors i de notícies que circulaven i que feien referència a l'establiment de barris jueus a diverses zones de Polònia. Allà els jueus quedaven aïllats de la resta de la població. La veritat és que es tractava d'innegables guetos, on s'apilaven, per desenes de milers, dones, homes i nens.

—Estem netejant Europa —repetia Hans cada cop que prenia una copa de més—. No quedarà ni un jueu, perquè els farem desaparèixer. A ells i als seus gèrmens. T'has fixat en el nostre jovent? —em somreia, i esperava que jo afirmés amb un cop de cap—. Són les noves generacions. Alts, forts i sans. Per a ells estem treballant. Himmler té raó. Els jueus no són humans, no tenen la sang pura i els seus cervells estan emmetzinats. No permetrem que ens intoxiquin. No, senyor. No ho permetrem —i alçava els ulls, els clavava en un punt imaginari, més enllà de les parets de l'habitació, i afegia—: El nostre Führer se sentirà orgullós de nosaltres i de la nostra tasca. L'exèrcit ha de conquerir i nosaltres hem de netejar. Tot ben net! Som com la dolça esposa que té cura de la llar i no permet que hi entrin les cuques ni els paràsits. Després, temps hi haurà per estendre els nostres dominis a tot el món.

I jo pensava: i aconseguir que esdevingui el paradís promès tants cops i somiat per molts.

Déu meu! Tots plegats estàvem cecs. I, mentre, Viena seguia vivint en el somni de la grandesa.

5.- JOHANNES HULMMER

Després de la campanya de Polònia, que va acabar amb la destrucció total de l'exèrcit polonès, es van succeir uns mesos d'inactivitat, tot i la declaració de guerra per part de britànics i de francesos. Tant era així que vam creure que aquella victòria hauria curullat la política expansionista de Hitler i el desig manifestat reiterades vegades de treure's del damunt la vergonya de la derrota de la Guerra del 14 i retornar a Alemanya l'orgull de nació.

Per la seva banda, les forces aliades practicaven la política de l'estruç i amagaven el seu cap dins del forat de les trinxeres de la línia Maginot. Potser havien escoltat les paraules del ministre d'afers exteriors francès, Alexis Saint-Léger, quan deia que «és extremadament dubtós, i és el menys que podem dir, que França i Gran Bretanya puguem guanyar la guerra contra Alemanya». I, evidentment, tancaven les oïdes a altres veus, com la del coronel De Gaulle, que mirava, infructuosament, de despertar una França adormida amb el perill imminent d'una invasió que gairebé ningú no s'acabava de creure. Ni nosaltres mateixos.

El dia 8 de novembre de 1940 Adolf Hitler va patir un atemptat. Va ser a Munich, a la sala Bürger Braukeller, on es commemorava la marxa nazi sobre la Feldhernhalle, i on el Führer havia pronunciat un discurs sobre els orígens del nacionalsocialisme. El fet va causar una gran commoció a Viena, com a la resta dels territoris ocupats, perquè va suposar la mort de sis persones i més de seixanta ferits. Hitler en va sortir il·lès. Immediatament, la propaganda del règim va atribuir l'atemptat als serveis d'espionatge britànics.

I un altre fet havia de predir el que ja s'hi coïa. El dia 10 de desembre d'aquell mateix any es van concedir els premis Nobel. Alemanya se'n va endur dos: el de medecina i el de química. Dos camps on els científics alemanys destacàvem poderosament. A la universitat ho vam celebrar de valent. Era un triomf de tots plegats i un esperó per als joves que encetàvem la nostra carrera professional. Curiosament, Naumman es va mantenir al marge i vaig notar que alçava la copa només quan se sentia obligat. Però no li vaig atorgar més importància.

Potser no es trobava bé o no era el seu dia. A tots ens passa.

Tanmateix, el premi Nobel de la pau va quedar desert, com si tothom ja s'imaginés el que estava a punt de succeir.

Arribat Nadal, Ilse i jo vam viatjar a Berlín, tal com havia promès que faríem. Inga, així que es va aturar el tren, va deixar anar totes les llàgrimes que guardava, i algunes més. I no va ser-ne l'única, perquè la seva filla també va obrir l'aixeta. Johannes, ben al contrari, es mantingué ferm, com sempre, tot i que em va abraçar en públic. Això era una demostració d'afecte que se sortia dels seus cànons. Ilse, durant aquells mesos, no havia deixat d'escriure cada setmana. No sé què es podien explicar, però totes les cartes eren llargues. Les primeres me les llegia i em demanava si hi mancava alguna cosa. Després, no. Suposo que era per la cara que posava jo quan escoltava detalls que em semblaven gairebé infantils.

Només arribar a casa dels Hulmmer, em vaig interessar per la seva situació. Les coses s'havien arreglat un xic, em va explicar el meu sogre, mercès als seus contactes i, perquè no dir-ho, als suborns que havia hagut de pagar. De tota manera, i malgrat que seguien treballant, el negoci no rutllava com en altres temps. Tanmateix, podien continuar vivint amb un ritme decent. Havia perdut força clients, però n'havia fet d'altres, encara que no tants. I no deia cap mentida, perquè, tant Ilse com jo, vam notar de seguida que havien hagut d'acomiadar part del servei i la casa apareixia més buida que de costum.

Sigui com sigui, va resultar un Nadal entranyable. Inga es desvivia per nosaltres, ens demanava constantment si érem feliços, ens preguntava a tothora si estàvem bé, si el dinar havia estat bo, si no patíem fred a la casa, si havíem de menester alguna cosa, si... Tot eren atencions. Ja no sabíem com dir-li que tot era perfecte i que el cel segurament no es podia comparar amb la seva llar ni els àngels amb ella.

La nit del 27 de desembre, Johannes i jo ens trobàvem a la biblioteca, aquella sala plena de llibres que ell mai no tenia temps per llegir. Preníem una copa de conyac i xerràvem de temes diversos.

No sé com va anar, però vam acabar parlant de Hitler i de la guerra. M'imagino que era inevitable.

—No tots els alemanys pensem com ell —em va dir, referint-se al Führer.

—Després de l'atemptat de Munich, la major part pensen com ell —li vaig contestar.

—L'atemptat del 8 de novembre no va ser idea d'un parell de sonats —va negar amb lents moviments de cap—. Cal alguna cosa més que un boig per entrar dins d'una sala plena de gent i guardada per les forces armades i deixar una bomba en el lloc adient.

—Va ser el servei secret britànic —li vaig dir.

—Potser és això, el que ells volen que tu creguis.

—Què vol dir? —em vaig espantar.

—Les coincidències no m'agraden —va fer petar la llengua i mogué el cap a dreta i a esquerra—. No. Gens ni mica. L'atemptat té lloc just un any després de la *Kristallnacht*, la nit dels vidres trencats, i també passa tot just després d'un encès discurs sobre els ideals del partit nazi —va fer un curt silenci, em va mirar als ulls, i preguntà—: Quin moment triaries tu, si volguessis convèncer els indecisos?

—No puc ni imaginar que algú matés sis persones només com un acte de propaganda —vaig negar, mentre remenava la meva copa. I vaig somriure, tot i que no em feia gràcia. Només per treure dramatisme a les seves paraules.

—Hi ha gent que pensa que davant de la grandesa d'una nació i d'una raça, unes quantes vides no són res —va mormolar, mentre em mirava directament als ulls i aixecava les celles—. Fins i tot podríem dir que són sacrificis necessaris.

—És increïble! —vaig fer. No entrava dins del meu cap una insinuació com aquella, però ho havia dit d'una manera...

—Hitler no s'aturarà davant de res —sentencià—. Vol dominar Europa sencera i vol ser un nou Napoleó.

—No pot atacar França —vaig dibuixar una mitja rialla, incrèdul.

—Ja en parlarem —afirmà lentament, també amb lleugers cops de cap, lents i mesurats—. Ja en parlarem —repetí, mentre seguia movent el cap amunt i avall.

I aquí es va acabar aquella conversa, però s'iniciaren les meves preocupacions.

*** ***

Dies després, a mitjans de gener, Ilse i jo ja havíem tornat a Viena i vaig pensar en Johannes i en les seves paraules. Segons els rumors (perquè en aquells dies, si volies saber alguna cosa, havies d'escoltar les veus que parlaven fluix) un avió correu va haver de fer un aterratge d'emergència a Malinas, a Bèlgica, i la ràpida intervenció de la policia belga va impedir que el pilot destruís uns importants documents amb un informe prou acurat sobre l'emplaçament de l'exèrcit belga. Vaig haver de creure en aquells rumors, perquè l'humor de Hans havia variat i ell era el termòmetre que em permetia detectar la realitat dels fets. Només calia esperar que es prengués un parell de copes i punxar-lo una mica.

—Ha estat un desastre —em va dir un vespre—. Bèlgica i Holanda podien haver caigut en ben poques setmanes. Ara haurem d'esperar, perquè ja no comptem amb l'element sorpresa.

Aquell dia vaig pensar en el meu sogre. Hitler no s'aturaria davant res ni ningú, havia dit. I molt em semblava que sabia el que deia. Potser, massa i tot.

I la troca s'acabà d'embolicar quan els soviètics, el primer dia del mes de febrer, envaïren Finlàndia. Tan gran va ser la sorpresa i l'estupor que els britànics van demanar a la Societat de Nacions que expulsés Rússia.

Mentre, l'hivern a Viena transcorria plàcidament. La gent es movia pels carrers i semblava que res no ens amoïnava. Com així era. Tanmateix, sota aquella aparença i sota la credulitat de la gent que vivíem completament al marge de la situació, altres prenien decisions i planificaven el futur del continent.

El dia 9 de març l'exèrcit alemany, seguint l'exemple de Rússia, va atacar Dinamarca, saltà l'estret de Kattegat i envaí Noruega. El mapa d'Europa havia començat a canviar. Hitler es va fer amb el control dels fiords, va establir bases i es va fer l'amo dels jaciments de ferro dels aliats. Una altra guerra llampec i una nova victòria del Führer. I malgrat la terrible evidència, França seguia atrinxerada i sumava divisió darrere divisió que romanien amagades al cau, com si no s'adonessin que la Guerra del 14, la guerra de trinxeres, havia passat a la història i els mètodes eren uns altres.

La història ho ha qualificat d'error imperdonable. Més encara quan va ser un altre francès, Napoleó, que va dir: «És un axioma de la guerra, que qui roman darrere de les seves fortificacions serà el vençut».

El 18 d'aquell mateix mes Hitler i Mussolini s'entrevistaven a Brenner. El Führer volia saber quina seria la posició d'Itàlia davant d'un possible conflicte a nivell de tota Europa. La resposta va ser que Itàlia lluitaria al costat d'Alemanya, però Mussolini triaria el moment adient per entrar-hi.

Tot apuntava cap a la imminent guerra al continent i la predicció del meu sogre es va fer realitat, perquè al maig de 1940, acabada la campanya de Noruega, Hitler envaí els Països Baixos amb tanta rapidesa que la tàctica d'obrir el dics i inundar els camps no va servir per a res. Quan es van despertar, l'exèrcit alemany ja avançava pels marges del Rin i atacava les defenses interiors de les Gravelines.

Va ser poc menys que increïble. Les passes següents, simples però efectives, ja no deixaven cap dubte sobre les intencions del Führer. En una ràpida maniobra va creuar les Ardenes, va envoltar la línia Maginot i es va fer un fart de riure amb unes fortificacions que adquiriren el rang de làpida. França havia caigut i els aliats es defensaven a Dunkerque. Bé! Defensar-se és una paraula massa forta, perquè el que feien era mirar d'evacuar tres-cents cinquanta mil homes en una fugida vertaderament dramàtica.

El desastre va ser tan immens que el rei George VI d'Anglaterra va nomenar Winston Churchill nou primer ministre amb l'encàrrec de formar un nou govern.

Tot anava en dansa. Jo estava al corrent de les novetats gràcies a Hans i em vaig assabentar que Himmler havia ordenat construir un camp de presoners a Auschwitz, nom que els alemanys donaven a la ciutat d'Oswiecim, situada a la Silèsia, dins de territori polonès. Un camp que de seguida es va començar a omplir de presoners «per motius polítics», però que en el fons no eren més que jueus i polonesos.

Hans vivia en aquells dies moments d'intensa emoció, reflex del que estava succeint als carrers de Viena, a tota Àustria i a Alemanya. Jo no tenia cap dubte que Hitler ja somiava amb ocupar les Illes Britàniques i poder doblegar l'orgullós lleó anglès.

Recordo especialment un dia a casa de Hans. Havia begut, com sempre, i parlava un xic embarbussat. Aixecava la copa cada quatre paraules i brindava constantment.

—Els ha obligat a signar l'armistici en el mateix vagó on Alemanya va signar la seva vergonya el 1918 — reia i reia, eufòric—. Ara podrem esborrar la ignominiosa inscripció que figura al museu de Rétbondes i que diu: «Aquí, l'onze de novembre del 1918, va caure l'orgull criminal de l'imperi alemany, vençut pels pobles lliures que mirava d'esclavitzar».

«Naturalment», vaig pensar. «I segurament serà substituïda per una de nova i antagònica, fins que algú la torni a canviar i restauri l'antiga o hi posi una de més punyent. I així, aniran alternant-se vencedors i vençuts i, després de les èpiques gestes, s'aixecarà un immens monument a l'estupidesa humana».

—On s'aturaran? —vaig preguntar a Ilse aquella mateixa nit, quan érem al llit—. T'has adonat que Laura, la meva pròpia germana, pensa igual que ell?

I tant que se n'havia adonat. Des del primer dia!

—És l'esposa d'un oficial de les SS —em respongué.

—I els seus fills són educats en la mateixa creença —vaig dir, sense escoltar-me-la.

—Són els fills de Hans —va fer ella.

—Com pots dir això? —em vaig incorporar i la vaig mirar—. No te n'adones que són una plaga que s'estén sense parar? —vaig alçar les mans ben enlaire, obrint els braços—. Necessito respirar i treure fora els meus pensaments. I haig de callar, haig de seure a la mateixa taula i escoltar les seves paraules. Fins i tot, haig de somriure i donar-li la raó. I no saps com desitjaria escopir-li a la cara i dir-li que són una colla d'assassins, que van matar un pobre home, un humil botiguer, només perquè era jueu.

—Pero, no ho faràs —em va abraçar ella—. No ho pots fer. Seria una bogeria. Ells no raonen i tu lluitaries tot sol. La seva veritat és la veritat i res ni ningú no els farà canviar.

—Fugim d'aquí —li vaig proposar.

—I on anirem? —em va preguntar Ilse—. Berlín encara és pitjor per nosaltres. I ja veus com està la resta d'Europa. Si més no, aquí, pel moment, estem segurs.

—Marxen a un altre continent, lluny d'aquí. M'ofego. M'entens? No puc parlar amb ningú que no siguis tu. Haig de callar tot el temps i visc pendent de cada paraula que pronuncio. Sovint sento por perquè algú pugui endevinar els meus pensaments. Els meus companys, a la universitat, no són amics, sinó enemics. Els contemplo i sento que ells diuen que són lliures, però els veig cada dia més esclaus. Ni tan sols poden somiar amb un món diferent. Només Naumman sembla diferent, però he descobert que li fan el buit. Pobre home! És una gran persona, que també té por de parlar de segons quines coses.

—Calma't —em va estrènyer amb força—. Tard o d'hora algú s'aixecarà contra Hitler i tot s'acabarà.

—Mai ningú no gosarà enfrontar-se amb aquest monstre —vaig negar amb forts moviments de cap—.

Això cada cop serà pitjor. Ja has vist que ni els francesos són capaços d'aturar-lo.

Em va obligar a estirar-me i em va començar a fer petons.

—Un dia tindrem fills i els educarem com nosaltres creiem que s'ha de fer. Ells construiran un món millor —em va mormolar, a cau d'orella.

—Sí —la vaig abraçar—. Tanmateix, hi haurà altres que pensin igual?

—Ara és hora de dormir —continuà fent-me petons, i de mica en mica vaig aconseguir oblidar el món exterior i aquelles quatre parets esdevingueren el meu refugi, mentre els seus braços m'envoltaven i m'oferien la calor del seu cos.

Quan vam acabar de fer l'amor, ella es va adormir al meu costat i jo em vaig quedar despert, amb els ulls clavats a la foscor, mentre pensava en les paraules del meu sogre. No tothom a Alemanya pensa com Hitler. Així ho espero, vaig concloure.

6.- UN FET INSÒLIT

Havien passat uns mesos des d'aquella nit que vaig proposar Ilse fugir a un altre continent i ja érem de nou a Nadal. En aquells mesos els fets luctuosos se succeïren l'un darrere l'altre. Trotski va ser assassinat a Mèxic; la Gestapo va detenir i va lliurar Companys al govern de Franco; i Gran Bretanya va enfonsar un gran nombre de vaixells de francesos per ordre de Churchill, que tenia por que passessin a mans dels alemanys. El pobre no tenia ni idea que l'almirall François Darlan ja havia ordenat que els enfonsessin en cas que Alemanya intentés apoderar-se de la flota francesa. I més de mil mariners francesos van morir sota el foc de la Royal

Navy. Havia començat la Batalla d'Anglaterra. Companys, el president català, va morir afusellat a dos quarts de set de la matinada del dia 15 d'octubre de 1940.

Pocs dies després de la mort del dirigent català, Itàlia envaïa Grècia, la pàtria dels meus avantpassats. Aquest fet em va produir una pena indescriptible. Els altres no tant, perquè no em tocaven directament. Els humans som així. Si més no, això m'imaginava en aquells dies, sense tenir en compte que la natura no distingeix entre éssers d'una raça o d'una altra, que no hi entén, de fronteres, que només veu éssers humans, perquè les nostres invencions no entren dins dels seus esquemes ni dels seus plans. Ella entén de pluges i de vent, de llavors, de fruits, de vida i de mort, però no de política ni de lleis humanes ni de països.

A l'altre costat de l'Atlàntic, les dictadures també avançaven amb decisió i Higinio Morinigo esdevenia cap suprem de totes les forces del Paraguai amb l'excusa de seguir la política del seu predecessor.

De sobte, la guerra s'encarregava de fer realitat que no existeixen fronteres, excepte en la nostra ment, la dels homes. La guerra ja s'havia estès a l'Àfrica i els italians s'enfrontaven a l'avenç de les forces aliades. Fugir a un altre continent, quan el món sencer està malalt, no és cap solució.

Jo seguia amb els meus experiments i les meves investigacions. Havia aconseguit resultats interessants que despertaven l'interès dels meus superiors. En aquells dies no coneixia la raó de les seves felicitacions i hauria d'esperar algun temps per descobrir-les. Déu del cel! Tan gran era la seva satisfacció que em van concedir uns dies per tal que pogués viatjar a Berlín i passar el Nadal amb els pares d'Ilse.

Evidentment, vaig assistir a un altre bany de llàgrimes. Inga semblava tenir una esponja al clatell, i Ilse també. Inga veia la seva filla feliç, radiant, i això ho era tot per a ella. Per la seva banda, l'afecte que Johannes sentia per mi havia crescut. Em tractava amb molta familiaritat. Fins i tot, em consultava decisions sobre l'empresa, a les que jo responia el millor que podia, perquè mai no he estat un bon empresari. Si haig de ser sincer, ni bo ni de cap altre mena. Simplement, mai no he estat empresari.

Dos dies abans de tornar a Viena, tot just després de Cap d'Any, Johannes va arribar tard a dinar i no es va seure a taula. Inga, Ilse i jo vam dinar sense badar boca.

En acabar les postres, no vaig prendre cafè. Havia vist el rostre de preocupació de Johannes, que em va produir un nus a l'estómac, i em vaig dirigir cap a la biblioteca. Vaig trucar i la veu de Johannes m'atorgà permís per entrar-hi.

—Puc ajudar-lo en alguna cosa? —em vaig oferir.

El meu sogre em va mirar i durant breus instants va dubtar, però finalment es va aixecar, va tancar la porta, em va assenyalar la butaca que tenia davant seu i ell també s'assegué.

Duia un cigar a la mà, el va encendre a poc a poc, procurant gaudir de la cerimònia. O millor dit: intentant ordenar les idees i cercant el punt més adient per començar a parlar. Vaig esperar pacientment. Greu havia de ser el que havia decidit comunicar-me.

—Hitler vol envair Rússia —va fer, després de bufar amb força i escampà el fum del cigar per tota l'estança—. Els generals van bojos. Tots plegats ens imaginàvem que amb la caiguda de França en tindria prou o que, en tot cas, concentraria tots els seus esforços en la Gran Bretanya, però ens hem equivocat. Hitler s'ha tornat boig i la seva follia acabarà amb Alemanya.

—No poc atacar Rússia —vaig respondre, bocabadat—. Ha signat un pacte de no agressió amb Stalin.

—A ell no l'importen gens ni els pactes ni els papers ni les signatures ni els compromisos —somrigué amb tristor—. Recorda que també existia un tractat de no agressió amb Polònia i ja has vist com ha acabat tot.

—Com ho sap vostè, això? —va ser l'única pregunta que se'm va ocórrer fer-li.

—Ja et vaig dir que hi ha gent que no pensa com ell —va començar, però, de sobte, es va aturar, com si se li hagués escapat alguna cosa que no havia de dir-me. Llavors, canvià de tema i reprengué la conversa en el punt que l'havia deixada, just abans d'aquesta pregunta —. Això no ve al cas. Simplement ho sé. Com també sé que Hitler vol dominar el món sencer i que li ho hem d'impedir.

—Com?

Johannes es va quedar en silenci, contemplant els llibres que omplien les parets. Als seus ulls podia endevinar que no es trobava sol, en aquell afer. Tanmateix, va eludir la pregunta.

—En quina cosa treballes ara? —va fer, com si tota la conversa no hagués existit.

Jo sabia que el meu sogre era una persona de gran caràcter i que si no volia parlar d'un tema, simplement no en parlava, per més que li preguntés. De manera que li vaig explicar els resultats de les meves investigacions i l'interès que aixecaven en el doctor Lotslagenheimmer.

—Bé! Molt bé! Segueix així —em va felicitar. Es va aixecar de la butaca—. Anem al menjador. Ja em sento més refet del mal d'estómac i, si més no, prendré una tassa de cafè.

Jo esperava disposar d'una nova oportunitat per seguir amb el tema, però les circumstàncies no m'ho van permetre. O millor dit: Johannes no em va donar peu. De manera que vaig abandonar Berlín amb el cor encongit i força preocupat. No sabia quin era el joc del meu sogre, però un sisè sentit em deia que era força perillós, i això m'espantava. Tot i així, no vaig fer a Ilse cap esment d'aquella conversa ni de les meves cabòries.

Dies després (recordo perfectament que era el 7 de gener de 1941), a la tarda, em trobava assegut en un cafè de Viena. En previsió del desastre que significa anar de compres amb dues dones, jo havia agafat un parell de llibres. Laura i Ilse havien anat a una botiga de moda

109

femenina i havien tingut el detall de disculpar-me i deixar-me allà, davant d'una tassa de cafè. Hans havia marxat feia una estona, acompanyant-les, però ell també havia trobat una excusa i havíem quedat que em recolliria més tard, perquè volíem anar a sopar els quatre aplegats.

Els temps passava i vaig demanar una segona tassa de cafè. El cambrer me la va portar, però no va retirar la primera perquè l'acabaven de cridar d'una altra taula. Jo llegia per fer temps. La veritat és que no tenia el cap per embolicar-me en les constants físiques de les nombroses taules que hi apareixien. Em sentia cansat. No obstant això, seguia llegint mecànicament, perquè no tenia altra cosa per fer.

De sobte, vaig copsar de cua d'ull que algú s'asseia al meu costat, a la mateixa taula, i vaig apartar la mirada dels fulls, tot pensant que era en Hans.

Em vaig quedar bocabadat. No coneixia aquell home. Mai no l'havia vist. Era alt i ben plantat, amb el cabell castany, tirant a ros, el rostre equilibrat, el posat elegant i uns ulls clars. Vestia amb discreció. Però el que més em va sorprendre és que em va agafar la tassa de cafè plena, se la va posar al davant i va allargar la mà per prendre un llibre. «Però... on s'ha vist!», vaig pensar.

Anava a protestar quan la porta de la cafeteria s'obrí i aparegueren dos homes de paisà, amb els abrics negres característics de la Gestapo, seguits per dos més que anaven uniformats i armats. Van passejar la mirada pel local. Hi devíem ser uns deu clients repartits per les taules. Tothom es va quedar en silenci i aquell parell de la Gestapo va començar a moure's entre les taules i a demanar la documentació. Vaig mirar el meu improvisat company de taula. Era un home de la meva edat, si fa no fa. S'havia tret l'abric i l'havia deixat al penjador. Em va mirar amb ulls suplicants. Vaig tornar a contemplar els dos Gestapo que s'atansaven lentament, després d'examinar amb molta cura els documents dels altres clients. Podia haver-me aixecat i assenyalar-lo, perquè segur que era a ell, a qui cercaven, però no ho vaig fer. Per què? Doncs, no ho sé. Potser per aquella mirada de pobre animal acorralat. I poc després, quan els seus perseguidors ja eren a la taula del costat, em vaig penedir. Quina explicació els donaria quan em demanessin per què no l'havia denunciat? I vaig començar a tremolar, mentre el meu company em mirava i jo descobria que ell estava blanc com la neu.

—Algun problema? —vaig escoltar que feia una veu darrere meu, i em vaig aixecar d'un bot.

—Capità Teschler —el saludaren els Gestapo—. Busquem un home que ha fugit i que creiem que ha entrat aquí —va dir un dels policies.

—Has vist algú que fugia? —em va preguntar Hans.

—No m'ho ha semblat —li vaig contestar.

—Bé! El meu cunyat, el professor Psarris de la universitat de Viena, diu que no ha vist ningú —somrigué Hans—. I no crec que l'home que busquen sigui el seu col·lega, el professor...

—Rudolf Hassestein —es va presentar l'home que s'havia assegut al meu costat.

Els dos de la Gestapo es van acomiadar, i se'n van anar.

—Hauràs de sopar sol amb Laura i Ilse —em va dir Hans—. Només venia per comunicar-t'ho. Presenta les meves disculpes a Ilse —Llavors es tombà cap a Rudolf—. Encantat professor...

—Hassestein. Ha estat un plaer —respongué el meu company de taula.

Quan ens vam quedar sols, Rudolf Hassestein em va mirar amb un somriure. Si és que aquest era el seu vertader nom.

—Li ho agraeixo molt —va fer una petita reverència, i va fer l'esma de marxar.

—Encara són massa a prop. Li convé quedar-se una estona més —li vaig dir.

Es va tornar a asseure i va demanar al cambrer dues tasses més de cafè.

—El seu ja és fred i el mínim que puc fer per vostè és oferir-li'n un altre —es va disculpar.

—Per què el perseguien?

—Doncs, no ho entenc. Total, l'única cosa que he fet és alleugerir la cartera d'algú que la duia plena —em va explicar amb tota naturalitat.

—Com pot dir poca cosa...!

—Sí —em va tallar—. La Gestapo, normalment, no es preocupa per aquestes bajanades.

Ara era jo qui no ho entenia, perquè aquell home anava ben vestit. Un lladre? I ell va copsar la meva sorpresa.

—Les circumstàncies són les que marquen el camí de la vida. No em creu? —somrigué de nou—. Jo no sóc mala persona, però d'alguna cosa haig de viure.

—Per què no busca un treball?

—No és tan senzill com sembla —respongué, i va arronsar les espatlles—. Les úniques feines que m'ofereixen són les d'obrer i jo estic habituat a un altre ritme de vida. Per això he hagut d'aprendre un ofici que no m'embruti les mans. Vostè és professor. De què?

—Sóc investigador. Treballo a la universitat en un projecte de cristalització i sublimació.

—Molt bé! Ara imaginis que el treuen d'allà i li diuen que ha de carregar sacs. Com s'ho prendria?

—Doncs, malament. Però, crec que no robaria.

—Ho diu ara perquè té la vida ben assegurada. Cunyat d'un capità de les SS i amb un lloc de treball de prestigi i, segurament, ben pagat. Es faria creus d'allò que un home pot arribar a fer per sobreviure.

—Si pot treballar carregant sacs, no està vostè al límit i, per tant, no és correcte parlar de sobreviure —vaig replicar.

—Tothom té la seva escala de valors i, de vegades, sobreviure significa alguna cosa més que no pas alimentar-se. Només podria discutir amb mi si es trobés en les meves circumstàncies. Ho he perdut tot i ja dec estar fitxat, perquè dos anys en aquest ofici és molt de temps. I això que vivia bé —afirmà amb el cap—. Abans de ser lladre jo havia treballat per a un psiquiatre de Frankfurt. El problema va ser que m'agrada la bona vida i distreia part dels diners. No gaires, però. I tot anava bé, fins al dia que també em van començar a agradar algunes clientes. I elles... mancades d'afecte... doncs... rebien la meva teràpia particular. Com es tractava de dones de bona posició, em vaig haver d'omplir més les butxaques. Comprèn? —somrigué—. Jugar amb foc és perillós, perquè et pots cremar. Un dia em van enxampar amb l'esposa d'un alt funcionari i la maleïda, per tal de treure's les puces del damunt, em va denunciar i va dir que jo feia el mateix amb altres dones i que li demanava diners. A partir d'aquí es va descobrir que jo freqüentava locals que no s'hi adeien amb el meu sou. La resta de la història és simple: vaig haver d'emigrar. Vaig mirar de trobar feina a Viena, d'ajudant d'un altre psiquiatre, però els metges són una raça especial. L'idiota va demanar informes meus i vaig haver de sortir cuita-corrents un altre cop. Llavors, em vaig adonar que el meu temps d'estada amb el psiquiatre de Frankfurt m'havia permès adquirir uns coneixements que han resultat ser força útils. Tinc uns dots d'observador molt desenvolupats. Només em cal mirar una persona durant una estona i de seguida sé on guarda la cartera. No és el millor ofici, però em permet viure.

S'expressava amb una naturalitat que et feia arribar a pensar que, en el seu cas, el robatori era un acte que formava part de la vida. Per a tot tenia disculpa i explicacions. I semblava tan bona persona... Increïble!

—M'agradaria poder ajudar-lo —li vaig dir, després d'escoltar el seu relat.

—Ja ho ha fet i li dec un gran favor. Potser la vida, fins i tot —rigué divertit.

Sempre passa igual. Amb qui menys coneixes acabes parlant dels temes més transcendentals. Vam encetar una conversa que ens va dur fins al tema del bé i del mal. Rudolf Hassestein coneixia bé la Bíblia, fet que em va sorprendre, i tenia idees força especials. Al seu costat tenies la sensació que tot el que t'havien explicat era fals i que el seus raonaments eren la veritat absoluta.

—Hi ha un error terrible amb el pecat original —em va dir en un moment de la conversa—. Si llegeix la Bíblia amb atenció i pensa amb lògica, descobrirà que el pecat original no és altra cosa que l'aparició de la raó.

—No ho entenc —vaig fer. Em sentia divertit. Un investigador de física parlant del pecat original.

—El Gènesi diu que el primer pecat es va originar quan Adam i Eva van menjar del fruit de l'arbre del bé i del mal. I què és l'arbre del bé i del mal, sinó la capacitat de discernir? L'home vivia en un paradís perquè actuava per instint, però el dia que va adquirir intel·ligència per discernir entre el bé i el mal, començà a actuar per desig i va descobrir el pecat de la cobdícia. És elemental. Només que ens ho han desfigurat. Per això hi ha guerres, per tal d'obtenir el poder.

—És una manera de veure-ho —vaig afirmar.

—És l'única lògica —somrigué ell—. Què és la cobdícia? És la suma de dos elements: temps i por. Temps, perquè amb la intel·ligència deixem de viure el present i ens endinsem en el futur. Preveiem el que pot passar i sentim por de les desgràcies futures. De manera que, per tal de tapar aquesta por, ens dediquem a atresorar fortunes. Temps i por. No és res més que això. Jo he après a viure el present. Per això sóc lladre. Quan tinc necessitat, actuo.

Em vaig quedar meravellat de la senzillesa dels seus raonaments. Per a ell no existien ni el bé ni el mal. Això deia. Actuava només per instint de conservació. Els animals així ho fan. Si han d'omplir la panxa, lluiten i roben; si se senten satisfets, no ataquen.

—És gràcies a la intel·ligència que podem deixar de lluitar —li vaig respondre.

—Agafi qualsevol home, per més intel·ligent que sigui, i posi'l en les circumstàncies adients i veurà que pot actuar com un animal. El jutjarà, llavors? —tornà a somriure.

—Penso que la intel·ligència ens permet decidir, fins i tot, morir abans de fer segons què —vaig replicar.

—Això s'hauria de demostrar.

Anava a tirar mà de tots els sants que la història ens havia llegat, quan van entrar Laura i Ilse, van venir cap a mi i les vaig presentar a Rudolf Hassestein.

—Potser algun dia podrem continuar aquesta conversa, però ara té un altre compromís més agradable —va dir ell. Em queia bé, aquell home. Era... ja ho he dit: tan natural...

—Potser sí —vaig allargar la mà per estrènyer la que m'oferia—. De debò es diu Rudolf Hassestein? —li vaig preguntar amb veu baixa.

—Rudi, per als amics.

—Cambrer —vaig cridar.

—De cap manera —va fer ell, gairebé ofès—. Sóc jo, qui convida —llavors abaixà la veu—. Li dec la vida i algun dia li pagaré aquest immens favor. No ho dubti. Sóc lladre per necessitat, però també sóc agraït.

Quan em dirigia em vaig tombar. Rudi em somreia des de la taula i va fer un gest amb la mà. Semblava dir-me «fins aviat», com si ens coneguéssim de tota la vida.

—Qui és aquest home? —em va demanar Laura.

—Un col·lega de la universitat —vaig mentir, no fos cas que després parlés amb Hans i... Si després algú tornava a preguntar per ell, simplement diria que havia deixat la feina i se n'havia anat a un altre lloc.

*** ***

Al març de 1941, durant un sopar a casa de Laura, Hans va prendre una copa de més, com ja era habitual, i mentre les dones xerraven de les seves coses, vaig tenir coneixement de la campanya de Rússia.

—Serà una nova victòria —va fer amb la copa de conyac a les mans—. I aquests maleïts comunistes deixaran de ser una amenaça per al poble alemany.

—No podem atacar Rússia —li vaig dir.

—Per què no? —va riure.

—El Führer ha signat un tractat de no agressió.

—I què? —encara va riure més fort—. El nostre Führer és un home d'una intel·ligència extraordinària. Necessitava d'un pacte per tal d'assegurar-se que Rússia no atacaria la primera, perquè aquests porcs comunistes no ens estimen gaire. Ell ha sabut retenir-los i ara Alemanya és forta i poderosa. Ja no hi ha impediments.

—De tota manera, Rússia no és Polònia —vaig replicar.

—França tampoc ho era, i ja no existeix. París és nostra —em va contestar amb una rialla ben ampla—. Rússia caurà en menys de dos mesos i el nostre imperi s'estendrà fins a l'Àsia.

«De manera que el meu sogre tenia raó», vaig pensar. Déu meu! Les seves prediccions es complien i Hitler s'havia tornat boig, perquè a Rússia van ser derrotats Carles III i Napoleó, detall que Hans no tenia en compte. Fins i tot, quan l'hi vaig recordar, el va menysprear.

—A la tercera va la vençuda —respongué.

A partir d'aquí em va fer un retrat del que podia ser el futur immediat. Quan Hans bevia, la llengua se li deixava anar. Les tropes alemanyes havien ocupat Romania, la qual cosa els obria les portes de la mar Negra, però Hitler, no content, va ocupar Bulgària i va confiar en la promesa del Duce Mussolini d'atorgar-li un pas cap a la mar Egea, quan hagués conquerit Grècia. D'aquesta manera, els anglesos perdrien tota possibilitat de bombardejar els pous de petroli de Romania des de Bulgària, pous que eren imprescindibles en una campanya contra Rússia.

En fi! Que tot estava preparat i només calia esperar l'ordre per atacar.

Vaig marxar de casa seva amb la sensació que el món anava cap a un desastre imminent. Franco s'havia entrevistat amb Mussolini; el rei d'Espanya, Alfons XIII, havia mort a Roma, desterrat i a l'edat de cinquanta-quatre anys; a Holanda havia tingut lloc una vaga contra l'antisemitisme que es va cloure amb més de quatre-cents jueus detinguts i uns quants holandesos morts.

I, enmig de tanta disbauxa, va tenir lloc un fet que ningú no s'esperava.

El rei Pere II de Iugoslàvia només tenia divuit anys i el príncep Pau actuava com a regent. Hitler necessitava la col·laboració d'aquest país per poder transportar les seves tropes a Grècia, i va cridar el regent, que va anar a Viena i es plegà a tots els desigs del Führer, sota la promesa que les forces del III Reich no prendrien Iugoslàvia i respectarien la sobirania i la integritat del seu territori. El pacte es va segellar, però quan el príncep Pau va tornar al seu país, es va trobar que la regència estava amenaçada i que el jove Pere II s'havia assegut al tron. Evidentment, el poble iugoslau no desitjava la presència alemanya, ni tan sols de forma temporal, i el pacte es va trencar.

Pere II accedí al tron i l'ambaixador alemany va ser escridassat pel poble, insultat i sacsejat enmig de la via pública.

Aquest afront exasperà Hitler fins a l'extrem que va ordenar destruir Iugoslàvia. Belgrad va ser bombardejada dia i nit i esdevingué una ciutat fantasma, i el país es va rendir en només deu dies. Tot i així, el preu que Hitler hauria de pagar seria molt alt, perquè Mussolini havia fracassat en el seu intent d'ocupar Grècia i el

Führer va haver de concentrar les seves tropes als Balcans i retardar fins al mes de juny l'operació Barbarroja, nom amb què havia batejat la invasió de Rússia. Més d'un mes que, forçosament, s'hauria de restar dels cinc amb què l'exèrcit alemany comptava per completar la tasca assignada, abans no aparegués el terrible hivern rus, el famós general blanc.

El fet és que el dia 22 de juny, a dos quarts de tres de la matinada, es llençava la contrasenya «Dormund» i l'exèrcit alemany creuava la frontera russa. Hitler havia decidit fer cas omís de les protestes dels seus generals. O millor dit: dels suggeriments, perquè ningú no gosava protestar obertament. Ells, com a bons estrategs, no volien iniciar una ofensiva sense tenir totes les garanties d'èxit i sense disposar d'un marge de temps per si la cosa s'allargava.

—El Führer diu que aquest hivern no serà tan cru com els anteriors —em va dir Hans.

Em vaig quedar bocabadat. Qui era Hitler per pronosticar el temps que faria? Tanmateix, la fe pot més que qualsevol raonament i Hans, que era el reflex del que succeïa als carrers de Viena, confiava plenament en la paraula del seu senyor, el déu totpoderós de la raça ària. Després de veure com queien Txecoslovàquia, Lituània, Holanda, Bèlgica, Luxemburg, Dinamarca, Noruega, França, Hongria, Romania, Iugoslàvia, Grècia, Polònia... qui gosava posar en dubte la victòria?

I, com sempre, jo vivia dues realitats oposades, perquè Ilse es mostrava contenta. L'amistat que havia crescut entre Laura i ella, que s'entenien d'allò més bé, ens permetia assistir regularment a festes i celebracions.

Just abans de l'estiu es va retirar un dels investigadors i a mi en van nomenar responsable de l'àrea d'investigació de gasos a la universitat. El meu sou va créixer i el nostre nivell social també. Ara ja ens movíem dins d'un cercle d'amistats prou ampli, moltes d'elles amb càrrecs importants. Ilse tenia tot el dia ocupat amb les esposes d'oficials. Sí, se la veia feliç, i jo, en veure-la, també ho era.

Un mes després la nostra felicitat es va incrementar amb la notícia que Ilse estava embarassada. Recordo el dia que m'ho va comunicar com si fos avui mateix. Em va trucar per telèfon al departament de la universitat i em va preguntar què volia per dinar. Mai no ho havia fet i em va sorprendre. No vaig saber què dir-li.

—Fes alguna cosa especial —van ser les úniques paraules que em van sortir. I quan vaig penjar encara em demanava a sant de què m'havia de consultar el menú.

En arribar a casa, ella m'esperava amb la taula parada i amb les cortines passades. Havia encès dues espelmes, com si es tractés d'una vetllada a la llum de la lluna.

—Què celebrem? —vaig preguntar, mentre cercava a la memòria la data i mirava que no fos cap dia vertaderament assenyalat. L'aniversari de noces, potser? No. Encara faltaven dues setmanes. I no era ni el meu aniversari ni el seu, ni l'aniversari del dia que ens vam conèixer, perquè havia estat a l'hivern. Llavors...?

Va aguantar fins al segon plat, contestant amb evasives les meves preguntes.

—No pot una esposa enamorada celebrar senzillament el seu amor? —se'n reia de mi.

Finalment, quan va portar la safata (no recordo ni el que menjàvem), no va poder més i m'ho va abocar.

Em vaig aixecar lentament, sense deixar de mirar-la. «No és possible!», cridava al meu interior. «Un fill!»

—Potser serà nena —va somriure.

La vaig abraçar amb una tendresa infinita. Em feia por tocar-la, estrènyer-la massa, fer mal a la criatura que duia dintre.

Vaig trucar a la universitat per dir que no hi podia anar, que em trobava malament, i ens vam quedar tota la tarda asseguts al sofà, abraçats i fent plans i més plans de cara al futur.

Una setmana més tard vaig encetar quinze dies de vacances i vam viatjar a Berlín. Naturalment, abans havia parlat amb el metge per estar ben segur que un desplaçament tan llarg no representava cap mena de perill. Crec que, amb tanta insistència, em va prendre per un marit idiota.

—No és la primera ni l'única criatura que naixerà en aquest món —em va dir, finalment.

La reacció dels Hulmmer va ser l'esperada. Inga, com ja era normal, ens va negar de llàgrimes i Johannes es va dirigir a la bodega, va buscar la millor botella de xampany i la va obrir amb tota cerimònia. S'imposava un brindis. Havia de ser nen, perquè si jo no em feia càrrec del negoci, el seu nét el seguiria.

I entre copa i copa, entre riallada i riallada, entre música i festa, l'exèrcit alemany seguia avançant en territori rus. I a ell se li aplegà la *División Azul*, amb què el dictador Franco contribuïa i mirava de pagar l'ajut rebut durant la guerra civil espanyola, mentre tots plegats crèiem les paraules del general Franz Hadler, que deia que «la campanya contra Rússia haurà conclòs en dues setmanes».

—Hitler és boig —m'havia tornat a dir Johannes —. Si no l'aturem, serà la fi d'Alemanya. No ho podem permetre.

—No estarà vostè embolicat amb algun grup...? —vaig gosar preguntar-li.

—No pateixis per mi —va somriure—. És només que estic convençut que no hi ha mal que cent anys duri. Tard o d'hora tot ha de canviar. Encara que com més aviat, millor.

Vam acabar les vacances i vam tornar a Viena. Era un estiu especialment càlid i el més d'agost va transcórrer amb bones pujades dels termòmetres. Semblava com si el temps fes cas de les prediccions d'un home que ho dominava tot.

Sigui com sigui, el cert és que els càlculs del totpoderós exèrcit alemany no havien estat del tot correctes. Els generals havien previst trobar-se a Rússia amb dues-centes divisions, però a la segona meitat d'agost ja s'havien enfrontat amb més de tres-centes. Un error terrible, perquè ara ja no eren capaços de dir quantes més hi podien aparèixer.

No sé per què, però a començaments de setembre, una nit que no podia dormir, em vaig seure al sofà i vaig pensar en aquell fet insòlit que havia viscut uns mesos abans, quan vaig conèixer Rudolf Hassestein, Rudi per als amics.

A una guerra li segueix un període de pau, però després torna l'enfrontament. Per què sentim la necessitat de lluitar contra aquells que són iguals que nosaltres?

Potser Rudi tenia raó i al final de tot trobem la cobdícia, que no és altra cosa que la suma de temps i de por. Malament quan comencem a parlar de conceptes com valentia, puresa, valor, ideals i altres que acaben sent una excusa! Malament!

Encara que fos veritat el que deia el meu sogre, en quin món viuria la criatura que havia de néixer?

*** ***

Aquell mateix mes d'agost, just abans que els alumnes tornessin a ocupar les aules, el professor Naumman es va retirar i li van dedicar un sopar d'homenatge. Durant la vetllada vaig veure que es mostrava trist.

—És una llàstima que el professor Naumman es retiri, perquè encara pot donar molt —vaig comentar al doctor Lotslagenheimmer, que ens honorava amb la seva presència.

—Hem de donar pas a les noves generacions —em va respondre el doctor.

—Cert, però l'experiència és important i jo he après molt del professor Naumman. És un gran home.

—Àustria agraeix els serveis prestats. Naumman ha estat un gran científic i mereix un bon descans —somrigué—. Ara vostè té la responsabilitat de tot el seu laboratori. És un salt important i hauria de sentir-se orgullós.

—Me'n sento —vaig replicar d'immediat—. És un honor que mai no hauria somiat.

—Sobretot ha de ser capaç de trobar-se a l'altura de les circumstàncies —em va dir, amb un posat seriós —. Pensi que Naumman deixa un gran passat i vostè no ha de ser menys.

Acabat el sopar, el professor Naumman em va felicitar pel meu nou càrrec.

—Tot li ho dec a vostè —li vaig dir—. Espero no defraudar-lo i sóc sincer quan li dic que estic un xic espantat.

—És vostè jove, intel·ligent, imaginatiu i prudent. Ha estat un plaer poder ensenyar-li el poc que sé.

—El que sap, i no m'ho negui, és una immensitat —vaig somriure. Després, em vaig posar seriós—. Per què s'ha retirat, si encara pot ensenyar-me moltes més coses? —li vaig preguntar.

—En aquesta vida un ha de saber marxar abans no comenci a fer nosa, perquè és molt dur el dia que els altres t'ho han de fer veure —afirmà amb lents moviments de cap—. Estic retirat, però si algun dia necessita alguna cosa de mi, sigui quina sigui, no dubti i vingui a veure'm.

—Ho faré.

—Vinguin un dia a sopar a casa i parlarem amb calma.

Em va sorprendre el to amb què va pronunciar les darreres paraules. «Parlarem amb calma», havia dit, però jo havia copsat que al darrere hi havia alguna cosa més i que el seu retir, lligant-ho amb la frase anterior, que més val retirar-se abans no t'ho facin notar, amagava raons difícils d'explicar en públic.

—Ho parlaré amb la meva esposa. Segur que estarà encantada —vaig contestar—. A més, Ilse està embarassada.

—El felicito, i amb més raó ho hem de celebrar —va prendre la copa i la va alçar—. La meva esposa i jo marxem per visitar la seva germana. Serem tot un mes sencer fora —respirà fondo, com si ja fos a les muntanyes—. Les primeres autèntiques vacances des fa molts anys, però quan tornem a l'octubre, els espero a casa.

—De debò s'ha retirat o... li ho han demanat? —no m'hi vaig poder estar de preguntar.

—Ja en parlarem amb una copa a les mans, que és com millor es veuen les coses —somrigué.

7.- L'OLOR DE LA MORT

Acabava setembre, Ilse s'havia posat molt maca i manifestava la seva felicitat en cada un dels seus actes. Havíem tornat al metge i aquella mateixa nit ella em va anunciar que li semblava que el nostre fill ja es movia. M'hi vaig estar una bona estona amb l'orella enganxada a la seva panxa. Fins i tot, crec que li vaig parlar, a la criatura que duia al ventre. Ella reia i em deia que li estranyaria que podés sentir les meves paraules. Era massa petita encara i, si podia escoltar-me, dubtava que entengués allò que li deia. Però, jo insistia, amb veu dolça, i li acaronava la panxa, que ni es notava que havia crescut una mica. A partir d'ara tot canviaria, ens havia anunciat el metge, i tot aniria més de pressa. La més esvalotadora de totes havia estat Laura, sempre tan vital i tan expansiva. Hans m'havia felicitat amb una bona encaixada de mans.

—Alemanya necessita homes forts —m'havia dit, i llavors m'havia abraçat.

Jo no li havia contestat, però. Simplement havia afirmat amb el cap i li havia donat les gràcies. Poc li podia dir que m'esgarrifava pensar que un dia un fill meu pogués fer el que ells estaven fent.

L'endemà em vaig llevar com cada matí, em vaig preparar el desdejuni mirant de no fer massa soroll, perquè el metge havia dit que Ilse necessitava repòs. Tanmateix, cap als volts de les vuit vaig escoltar el soroll d'unes passes suaus que s'atansaven per la meva esquena i uns braços em van abraçar el coll, mentre rebia un petó a la galta.

—Per què no fas cas del metge i et quedes una estona més al llit?

—Perquè m'agrada acomiadar-te cada matí —em va dir ella.

—Ni que fos l'última vegada que ens hem de veure —vaig fer broma.

Sí, això li vaig dir. «Ni que fos l'última vegada que ens hem de veure». Déu meu! «Ni que fos l'última vegada que ens hem de veure».

Vaig posar cara d'enfadat, malgrat que no n'estava, sinó que em sentia afalagat i feliç, immensament feliç. Vaig consultar l'hora, vaig apurar la tassa de cafè i em vaig acomiadar d'ella.

Era un matí amb un sol preciós i tranquil. Una lleugera brisa bressolava les branques dels arbres, mentre els vianants, a aquella hora, caminaven de pressa per anar a la feina. Jo, al contrari, vaig decidir arribar a la universitat tot creuant el parc i gaudint de les delícies de la natura.

Gairebé havia atrapat l'altre extrem del parc quan un home em va aturar.

—És vostè Herr Günter Psarris? —em demanà.

Es tractava d'un home vestit correctament, alt, ros i seriós.

—Sí, sóc jo —li vaig respondre.

—Johannes Hulmmer és el seu sogre?

—Sí —vaig respondre, sorprès.

—Herr Hulmmer ha estat detingut a Berlín —em va dir, i em vaig quedar astorat.

—Per què? —és l'única pregunta que se'm va acudir de fer.

—Està acusat de conspiració i de traïció.

—És absurd! —vaig exclamar—. Però... com pot dir això?

—Jo només sóc un amic i m'han demanat que li ho comuniqui, i ja ho he fet. No en sé res més. Bon dia —i va desaparèixer d'immediat.

Em sentia marejat. No entenia res de res. Vaig fer unes passes, em vaig aturar, vaig buscar amb la mirada aquell home per fer-li més preguntes, però no hi era, vaig caminar un parell de passes més, em vaig tornar a aturar i, llavors, em vaig esborronar. Johannes detingut! I ara què?

No podia perdre més temps. Vaig fer mitja volta i me'n vaig tornar, a casa. Vaig pujar les escales a salts i vaig obrir la porta gairebé amb violència. Ilse no hi era. Em vaig espantar. Potser havia anat a comprar. No, no podia ser, perquè les botigues encara no havien obert. Tal vegada havia anat a casa de Laura. Sí, era el més probable. El llit no estava fet. Em sentia neguitós, respirava a cops. Què havíem de fer? Fugir!

Vaig prendre una maleta i vaig començar a omplir-la amb tot allò que se'm va ocórrer. Llavors vaig pensar en la universitat i vaig trucar per dir que em trobava malament. Això ens permetria disposar d'un parell de dies per anar... no sé on. Suïssa...? Sí. Era el país que teníem més a prop i que encara es mantenia independent. Els nostres documents estaven en ordre i res no havíem de témer, si aconseguíem marxar.

Mentre feia la maleta vaig pensar que el millor era anar directament a casa de Laura, perquè la coneixia prou bé i sabia que la retindria amb la seva inacabable conversa. Ja me'n pescaria alguna, per explicar la meva sobtada visita. No, millor la trucava i li deia que havia tornat perquè em sentia malament. Si, això la faria venir de pressa. I si Laura també volia venir-hi? Bé! També pensaria alguna excusa.

Ja havia despenjat el telèfon quan vaig sentir que trucaven a la porta. Potser és ella, vaig pensar. Però, quina bajanada! Si era ella, poc que havia de trucar, perquè no sabia que jo era allà i, a més, duia clau.

Què havia de fer? Vaig agafar la maleta i la vaig amagar sota el llit. La trucada a la porta es va repetir amb insistència.

—Herr Günter Psarris? —em va preguntar un dels homes que s'estaven al replà, només obrir la porta.

Vaig assentir amb el cap.

—Gestapo —em va anunciar aquell home, i em va apartar per entrar-hi.

—Què vol dir això? —vaig protestar.

Tanmateix, ningú no em va respondre. Un d'aquells homes, que duia un vestit marró, va tancar la porta i es quedà allà palplantat, mentre un altre feia un recorregut per totes les habitacions, obria els calaixos i els armaris i tafanejava tant com volia tots els papers i documents que trobava al seu pas.

—On anava? —em va preguntar sortint del nostre dormitori.

—Enlloc —vaig fer, amb cara de sorpresa.

—I què hi fa aquesta maleta, aquí? —va senyalar cap a l'interior del dormitori.

Em vaig atansar i vaig llençar un esguard damunt del llit, on aquell home havia dipositat la maleta a mig fer.

—No fa pas gaire que hem tornat de Berlín i la meva esposa encara no l'ha desfeta —vaig mentir amb l'esperança que s'ho empassessin.

—Amb tota la roba d'aquesta manera? —va fer un gest d'incredulitat. I no hi havia per a menys. Jo havia ficat les coses de qualsevulla forma i tot apareixia remenat.

131

—La meva esposa porta uns dies un xic delicada i... —vaig arronsar les espatlles, com si jo mateix no ho acabés d'entendre, però aquell home somreia foteta.

—No hauria d'estar treballant, vostè? —va preguntar el del vestit marró, que fins aleshores havia romàs en silenci.

Em vaig tombar cap a ell, sobtat.

—Avui no em sento bé —em vaig excusar.

—I què hi fa vestit?

—Anava camí de la universitat i m'he trobat malament. De manera que he tornat. Poden trucar a la secretària del doctor Lotslagenheimmer. Ella els pot confirmar que he trucat per dir que em trobo malalt.

—I això ha estat de sobte? —preguntà l'altre home, el que havia trobat la maleta.

—Sí.

—I què li fa mal? —vaig escoltar que feia la veu de l'home del vestit marró.

—L'estómac i el cap —vaig mentir de nou, i ja començava a suar—. No dec d'haver paït bé alguna cosa —vaig intentar somriure.

—La detenció del seu sogre, per exemple? —vaig escoltar que preguntava l'altre home.

—Com diu? —em vaig tombar cap a ell. Les preguntes venien d'un cantó i de l'altre i encara afegien més confusió al meu cervell.

—No ho sap? —es va sorprendre.

—Doncs, no.

—De debò? —va fer el del vestit marró.

—Què... què... què vol dir que el meu sogre ha estat detingut? Per què... per què...? —vaig començar a tremolar, mirant-los alternativament.

L'home del vestit marró va somriure enigmàticament, obrí la porta de l'apartament i va fer un senyal amb la mà per tal de cridar algú. Llavors vaig veure aparèixer l'home que m'havia aturat al parc. Malparits! Tot havia estat un engany. Tot, excepte la detenció de Johannes.

—Ens haurà d'acompanyar —em va agafar pel braç l'home que havia remenat les habitacions.

—Un moment, la meva esposa...

—No pateixi per ella —somrigué el del vestit marró—. Es troba en bones mans.

I la sang se'm va glaçar a les venes.

—Sóc cunyat del capità Hans Teschler de les SS... —vaig intentar dir.

—Ja n'estem al corrent —em va respondre l'home que m'agafava pel braç.

—Vull parlar amb ell.

—Ja hi parlarem nosaltres. No es preocupi.

*** ***

Aquell calabós era fred i tenebrós, sense llum ni cap mena de comoditat, ni tan sols un trist matalàs on poder estirar-me. Havia d'apamar les parets per poder-me fer una idea de les dimensions, no gaire grans, perquè m'havien ficat d'una empenta i havien tancat la porta abans no pogués veure-hi res de res.

133

Durant més de vint-i-quatre hores, vint-i-quatre interminables hores!, vaig estar absolutament incomunicat, sense aliment ni aigua, com si el món s'hagués oblidat de la meva existència. No havien respost cap de les meves preguntes ni tenia cap notícia d'Ilse. I aquest desconeixement encara incrementava el meu patiment i el meu dolor.

Assegut en un racó, amb tot el cos dolorit per un terra dur, sense haver pogut dormir ni una hora seguida, amb la voluntat feta miques, els pensaments s'atropellaven els uns als altres i cap d'ells era bo, perquè la imaginació se'm desbocava i m'oferia imatges esparveradores. Les poques estones que acabava dormint, més per esgotament que per altra circumstància, representaven un bon plec de malsons que acabaven per desvetllar-me sobtat i tremolós. Llavors procurava fer esforços per no dormir-me de nou, perquè sabia que els malsons tornarien i em torturarien.

Què llarg que és el temps quan la desgràcia ens assetja, i què cruel que és el despertar quan la ignorància que ens envolta és absoluta i total! Els minuts esdevenen hores, les hores són dies sencers i els dies, eternitats. On era Ilse?, no parava de demanar-me. Què li hauran fet?, tremolava en recordar històries que havia sentit explicar. I és que, en aquestes circumstàncies, la imaginació i el somni s'apleguen i fan néixer el malson i impedeixen que el cos pugui reposar. I a mesura que es desgranen els minuts acabes desitjant que tot acabi d'una vegada, sigui quin sigui el desenllaç.

Aquest és el desig que s'acaba obrint pas enmig de la foscor.

«S'adonaran de seguida que ella no hi té res a veure, que no en sap res, i la deixaran», intentava consolar-me. Però, immediatament després, tornava a tremolar de por. «I si, justament perquè no en sap res, la torturen, tot imaginant-se que els amaga alguna cosa?», pensava. I vaig resar, i vaig implorar i vaig... plorar.

Transcorregut tot un dia sencer, amb la nit inclosa, em van treure d'aquell pou infecte, del meu solitari tancament, i vaig ser conduït a un despatx. Allà em va ordenar esperar dempeus per espai de més de mitja hora, sempre sota la mirada vigilant d'un Gestapo d'uniforme. Si més no, ara em sentia acompanyat i podia comprovar que el món seguia existint.

Vaig passejar la mirada per aquell despatx. Els sostres alts m'empetitien i el retrat d'un Führer seriós i amenaçador em mirava penjat des de la paret, mut i es-tàtic, vestit amb l'uniforme i emmarcat per quatre llis-tons de fusta negra. «De què m'acusa?», era la primera pregunta que em venia al cap, només mirar aquells ulls de foll, durs i freds.

Dempeus, enmig de l'habitació, allunyat de l'escriptori, amb les cames que em feien figa per causa de la debilitat per no haver menjat ni begut, sense afaitar, brut, amb tot el vestit arrugat, devia fer una fila... Vaig intentar, en va, adoptar una postura còmoda, però em va resultar impossible. M'havien donat ordre de no bellugar ni un pèl, i la vaig complir.

Pel meu cap desfilaven juganeres totes les imatges que la meva exaltada imaginació, alterada i engrandida per la llarga permanència en el calabós, era capaç de crear. I semblaven burlar-se de mi.

Per fi es va obrir la porta i aparegué un home vestit de paisà, em va mirar i amb lents i calculats moviments es va treure el barret i el va deixar al penja-robes de peu que hi havia en un racó. Després, també amb estudiada lentitud, es va asseure a la cadira que hi havia darrere de l'escriptori. Tots els seus moviments eren lents i precisos. No hi havia dubte que pretenien intimidar-me. Més encara? Com si fos necessari! Si ni tan sols gosava respirar gaire fort... L'únic pensament que em mantenia dempeus era la imatge d'Ilse.

L'home va agafar una carpeta que hi havia damunt la taula, l'obrí i va llegir el que semblava un informe. Mentre la seva mirada resseguia les ratlles escrites, de tant en tant afirmava amb el cap, com si volgués donar-me a entendre que hi estava d'acord, amb el que llegia. Finalment la va tancar i la diposità de nou a la taula, va aixecar els ulls, eren blaus, i em va mirar fixament, sense badar boca. Semblava estudiar-me amb molta cura, i jo encara em vaig sentir més incòmode. Les preguntes tornaven a ocupar un lloc de privilegi dins del meu cervell i aquell esguard que em llençava posava a prova els meus nervis, que ja estaven més tensos que les cordes d'un violí. Vaig notar que havia aparegut un tic nerviós al meu ull esquerre, que provocava moviments convulsius i incontrolables a la parpella, mentre jo intentava dominar-los sense èxit. I a mesura que més ho procurava, pitjor era el resultat.

—Podem acabar ben aviat o bé allargar-nos —va dir aquell home a poc a poc i amb una veu que manifestava gravetat—. Tot depèn de vostè. No sé si m'entén?

—Sí, suposo que sí —vaig afirmar molt nerviós i em vaig adonar que el cor se'm desbocava. O, tal vegada, ja ho estava, però fins aquell moment no n'havia pres consciència.

—Molt bé. Doncs, endavant. Enceti de bon començament i expliqui-m'ho tot. Amb tots els detalls, si us plau —va dir amb cortesia, i es va fer enrere, a la cadira, tot recolzant l'esquena.

—Què vol saber? —li vaig demanar.

—Tot —em va dedicar un somriure.

—Perdó, però no sé exactament a què es refereix.

—Au, va, Herr Psarris. No ens faci perdre el temps —negà amb lents moviments de cap, com si la meva resposta el desesperés, perquè ell estava en possessió de la veritat absoluta—. Johannes Hulmmer ha estat detingut, jutjat i condemnat per un tribunal de Berlín i demà serà executat al costat dels que conspiraven amb ell. Els hem enxampat gairebé a tots. La resta només és qüestió de temps. La nostra justícia és implacable amb els traïdors, però pot arribar a ser misericordiosa amb els que col·laboren i reconeixen els seus errors. De fet vostè és una persona que gaudia de l'estima i de la consideració dels seus superiors. Podria recuperar-la, si volgués.

—Li dono la meva paraula d'honor que desconec completament les activitats del meu sogre. Ja fa temps que la meva esposa i jo vivim a Viena...

—Tanmateix, han visitat Berlín en diverses ocasions —em va tallar aquell home.

—És natural que la meva... —De sobte el cap em va començar a rodar i vaig creure que cauria estès al terra d'un moment a l'altre

—Es troba malament? —em va demanar.

—No he menjat ni he begut res des que m'han portat aquí.

—Oh! Què en som, de desconsiderats! —negà amb el cap, mentre s'aixecava, prenia un got, l'omplia de la gerra d'aigua i me'l passava.

Vaig agafar el vas amb les dues mans i el vaig apurar tan de pressa que gairebé m'ofego. L'home va fer un gest amb la mà i el soldat em va atansar una cadira per tal que m'assegués. Aquella cadira em va semblar un llit de ploma i l'aigua m'havia fet el mateix efecte que l'elixir de la vida.

—Em deia que la seva... —em va convidar a seguir parlant movent la mà com si em donés corda.

—Sí, sí. Deia que és natural que la meva esposa vulgui anar a visitar els seus pares...

—Una tapadora perfecta. Oi que sí?

—Una tapadora... per a què? —el vaig mirar.

Anava a respondre'm quan es va obrir la porta i un altre personatge s'hi sumà, a l'escena. Es tractava d'un home d'uns trenta anys, ros, molt ros, gairebé albí, alt i fort, amb ulls clars i mirada dura. Em va clavar al damunt les seves ninetes durant uns instants i, després, es va tombar cap al seu company.

—Com ho porta? —va demanar.

—No gaire bé —negà l'altre—. Li costa arrencar.

No vaig tenir temps per res més que veure aquell puny que venia directe cap a la meva galta. Vaig sentir el cop i que el meu cap es feia enrere, arrossegant la cadira i fent que el meu cos acabés estès al terra. Llavors unes mans em van agafar pel coll i em van aixecar per tornar-me a asseure a la cadira.

—Calma't, Herbert. Segur que vol col·laborar. Només que necessita temps —vaig sentir la veu de l'home que m'havia interrogat.

Herbert em va agafar per la pitrera. El seu rostre només estava a uns centímetres del meu, mentre em dedicava un somriure que era una ganyota sarcàstica.

—Estem massa enfeinats i no podem perdre el temps. El meu amic Kurt és tou, però amb mi tothom acaba parlant —em va escopir a la cara i em va empènyer amb tanta violència que gairebé em fa caure de nou—. Què hi tens a veure tu amb el complot?

S'havien acabat les bones maneres i el tractament de vostè.

—Ja els he dit que no sé de què em parlen... —vaig protestar, però no vaig poder continuar, perquè el puny de Herbert s'estavellà una vegada més contra la meva cara. Aquest cop em va aixafar el nas i la camisa s'omplí de taques de sang, mentre el cap em rodava—. No en sé res. Ho juro! —vaig implorar.

—Entesos. Li ho preguntarem a la teva puta —somrigué aquell desgraciat.

—Ella no en sap res! —vaig cridar, i vaig intentar aixecar-me, però el soldat em va agafar per les espatlles i m'obligà a seure de nou.

—A més de puta, és ignorant? —va fer Herbert.

—Vull dir que no...

—Ja ens ha dit que no en sap res, del complot. I, suposo que la seva esposa tampoc —intervingué Kurt.

—Sí. Així és —el vaig mirar, implorant el seu ajut.

—I és clar que ella no en sap res! —Herbert em va agafar per l'orella. El malparit semblava que me la volia arrencar—. Qui ho sap tot és ell.

—No. Jo no en sé res.

—De què? —seguia caragolant la meva orella.

—Del complot —gairebé vaig gemegar.

—De quin complot, cabró! —arrossegà cada paraula. El seu rostre estava tan a prop que podia respirar el seu alè.

—Del complot per assassinar el Führer —vaig respondre prement els llavis amb força per apaivagar el dolor.

De sobte, em va deixar anar i va posar cara de babau.

—Assassinar el nostre Führer? —em demanà amb sorpresa. Es va tombar cap a Kurt—. Algú ha pronunciat la paraula assassinar? —li va preguntar.

—Jo no —respongué Kurt, també sorprès—. Jo he parlat de conspiració, no pas d'assassinat.

—Jo, tampoc —somrigué Herbert i, fins i tot, va mirar al soldat, que va alçar les espatlles i negà amb el cap. Llavors es dirigí de nou cap a mi—. De manera que preteníeu assassinar el Führer... —mormolà, com si allò fos el gran descobriment del dia.

—No, no, no... —vaig negar, espantat.

—No? Però, si ho acabes de dir...

—Jo, jo... no he dit això. No, no...

—Negues que has parlat d'assassinar el Führer, quan tots tres ho hem escoltat ben clarament? —va fer en un to imperatiu.

—El que jo he dit... —vaig intentar aclarir les idees, però el cap em rodava—. Volen confondre'm.

—Qui?

—Vostès —els vaig acusar.

—Nosaltres...? —s'estranyà Kurt—. Ets tu, qui ha parlat d'assassinar el nostre Führer.

—Déu meu! —vaig exclamar. Allò era de bojos.

—Bé! —somrigué Herbert—. Ara que ja has començat a cantar, tot serà més fàcil. Oi que sí?

Tres hores després em van tornar al calabós. Em feia mal tot el cos i sentia la cara com si fos un forn, inflada i plena de sang. Ni tan sols notava els meus llavis, ni podia parlar, i em costava respirar. No podia pensar amb claredat. Van obrir la porta, em van empènyer i vaig caure al terra, però no vaig notar el cop, perquè una patacada més ja no em feia res.

Allà em vaig quedar estirat. No tenia ni l'esma per arribar fins a la paret i recolzar-hi l'esquena. Moure'm representava un suplici impossible d'aguantar. Estava convençut que m'havien trencat totes les costelles. El nas, per descomptat. I dues dents. La resta ballava com si fossin cigrons dins la boca d'un ancià. L'ull esquerre no el podia ni obrir. També m'havien picat les mans i els dits. Què és el que no havien tocat?

Els dies següents van ser horripilants, molt pitjors que el que acabava de viure. Aquells homes gaudien de la seva feina i competien entre ells per veure qui anava més lluny.

Em sembla que va ser al tercer dia, ja ni ho recordo amb precisió, que vam canviar d'escenari. Era un altre despatx, sense finestres. Al centre hi havia una cadira de fusta ben forta i enganxada al terra amb plaques de ferro. Tenia el respatller alt, que em pujava per damunt del cap. Em van despullar i em van lligar amb corretges els turmells i els canells, ben afermats als braços i a les potes de la cadira. Després em van immobilitzar el cap amb una altra corretja que estava lligada al respatller. Llavors, Herbert em va penjar una pinça metàl·lica a la punta del penis, i dues més als mugrons. D'allà partia un fil que anava a petar al born d'una bateria. I ho va fer a poc a poc, dirigint-me mirades i somriures.

No em vaig tornar boig de miracle. A cada descàrrega havia d'arquejar el cos amb tanta violència que les corretges se'm clavaven a la carn. Va ser tan inhumà que em vaig desmaiar en diverses ocasions, però aquells animals m'espavilaven i seguien amb la seva tortura, mentre pronunciaven noms i esperaven que jo els donés una resposta.

—Otto Jodl —feia Kurt, assegut en un racó. Jo negava i Herbert m'enviava una descàrrega—. Joseff Bauss —escoltava que feia la veu de Kurt, jo negava de nou i tot el meu cos semblava rebentar de dolor—. Graf Steiner —continuava Kurt amb aquella fatídica llista, i un nou suplici em queia al damunt—. Martin Schleicher...

A cada pregunta d'ells jo els contestava amb negatives i cada negativa significava una nova descàrrega, fins al punt que ja començava a sentir pudor de socarrimat.

L'endemà, al matí, em van dur al despatx del primer dia. Aquell matí Kurt encara no havia arribat i Herbert s'ho passava d'allò més bé, perquè era evident que, de tant en tant, Kurt el calmava. M'havia estat pegant amb una barra. No ho feia fort, sinó que era insistent. Al primer cop semblava que hi jugués, però quan ja havia descarregat vint seguits en el mateix lloc, la carn es tornava blava i dura com una pedra. Llavors seguia pegant i pegant i pegant, fins que el dolor es feia insuportable, fins que només amb un dit ja em feia mal.

Jo era una titella a les seves mans. Estava tan desmanegat qui ni m'havia lligat. Quan era a punt de caure de la cadira, el soldat em redreçava de nou i em despertava. Malgrat que ja no podia mantenir els ulls oberts i ja no responia les seves preguntes, ni amb negatives ni amb res de res, ell seguia torturant-me.

El soldat em va redreçar un cop més i, en aquell instant, vaig sentir que s'obria la porta. No era capaç ni d'obrir els ulls. El soldat em va mantenir agafat pel coll de la camisa i jo vaig procurar descansar, encara que només fossin uns moments de repòs.

—Em sembla que no li treure'm res, perquè no en sap res —va fer Herbert.

—Per què n'estàs tan segur? —preguntà Kurt.

—A l'idiota de Muller se li ha anat la mà. Es veu que sí, que és cert, que la dona estava embarassada, ha esclatat com si fos una magrana i ho ha posat tot perdut.

—I ella?

—Se l'han endut a l'hospital.

Vaig escoltar aquelles paraules sense reaccionar. Ilse! La meva estimada Ilse... I el meu fill! Vaig notar que la sang em pujava al cap.

—Què fem amb ell? —va demanar Herbert.

—La Gestapo no s'equivoca mai. Comprens? L'enviem a presó i ja decidiran què han de fer amb ell —respongué Kurt, i va venir fins on era jo, em va agafar per la pitrera i em va dir—: Noi, te'n vas d'aquí.

No sé d'on vaig treure les forces, però, malgrat que les mans i les cames em feien mal, vaig ser capaç d'aixecar-me, el vaig agafat pel coll i el vaig agenollar davant meu, mentre estrenyia aquella gola i el veia com els ulls li sortien de les conques.

—Assassins, assassins! —vaig cridar amb ràbia.

El soldat es va llençar damunt meu, Herbert també va venir per intentar deslliurar el seu company, però no podien amb mi. I jo seguia prement aquell maleït i només desitjava que morís allà mateix.

Tres cops vaig sentir al cap, i a cada cop premia amb més força les mans, però, finalment, es va fer la foscor.

8.- GUIMU

El camió va disminuir la velocitat quan encetà la pujada. Dins de la caixa viatjàvem uns trenta homes a peu dret, i a cada batzegada ens movíem com si fóssim pomes dins d'un cossi. De tant en tant s'obria lleugerament la lona i podíem veure els tres camions que ens seguien, custodiats per les motos amb sidecar dels SS, des d'on un soldat amb metralladora ens vigilava constantment.

Havia estat confinat durant dos mesos en una presó i, finalment, m'havien jutjat i havien decidit que aniria a petar a un camp de treball, perquè jo representava un perill per a la societat.

He dit judici per qualificar-lo d'alguna forma, perquè només em van comunicar la sentència. Ni tan sols hi vaig assistir. Ja ho havia fet el meu advocat, que havia demanat clemència per als meus crims, em van explicar. Qui era el meu advocat? Ni el vaig conèixer. De quins crims parlaven? No ho sé. No m'ho van dir. I quina era la meva pena? Treballs forçats. Durant quant de temps? Fins a la meva total remissió. Què volia dir això? Doncs... que havia estat catalogat de presoner preventiu molt perillós amb comptades possibilitats de reeducació. Ells, no sé qui, ja decidirien quan em podia incorporar de nou a la societat. I no van respondre cap més pregunta meva.

Ara, dins del camió, seguia pensant que no tenia cap notícia d'Ilse. Ells no en sabien res, m'havien dit. Potser estava en una altra presó. Tal vegada l'havien deixada anar. Això deien, aixecant les espatlles i movent el cap a dreta i esquerra. De manera que m'havien ficat en un grup, amb molts altres, i em conduïen vés a saber on.

KLM, havia pronunciat un home, en pujar al camió, quan estàvem formats al pati de la presó. Què volia dir allò? KLM. I ho vaig descobrir en encetar aquella pujada, perquè havia pogut veure un cartell que anunciava el poble de Mauthausen i jo havia sentit parlar el meu cunyat del *Konzentrationlager* de Mauthausen: KLM. El camp modèlic que aixecava l'admiració de Hans.

Les enormes portalades del pati de garatges es van tancar i l'àliga de bronze d'ales desplegades va seguir muda i impertèrrita, com ama i senyora del camp de Mauthausen. La divisa d'aquell cau de presoners era clara:

TU, QUE ENTRES AQUÍ, PERDS TOTA ESPERANÇA.

I devia ser cert, perquè només podíem veure cossos famèlics i esquifits que miraven els camions al llarg del camí d'entrada. Vertaders esquelets que caminaven com si fossin morts vivents, que empenyien carros plens de pedres o que les carregaven ells mateixos, tot procurant mantenir un equilibri que semblava impossible.

Era una tarda i començava a fer fresca. El cel era clar i serè. No ho podré oblidar mai.

Els camions es van aturar i la darrera batzegada ens va fer caure a tots plegats. Van destapar les lones i ens van descarregar com si fóssim bestiar.

—*Alles Raus*! (fora!) *Schnell*! (de pressa!) —no paraven de bramar els soldats, i ens empenyien cap a la paret de pedra que hi havia al fons del pati.

Em van embotir en una llarga filera d'homes. Molts d'ells arrossegaven grans maletes, mentre que jo duia les mans buides. Allà vam romandre una estona, mentre els SS cantaven els noms que figuraven a les llistes, nosaltres responíem i ells els marcaven.

—Psarris, Günter! —vaig escoltar, i vaig respondre «present».

Van haver de comptar-nos tres cops, perquè s'equivocaven. Aquest detall ja em donava una idea de la capacitat mental dels nostres carcellers. Quan tot va estar en ordre, ens van dividir en dos grups. El de l'esquerra, curiosament, estava integrat pels que duien més equipatge, que els havien ordenat deixar-lo davant seu, amuntegat en una pila. Alguns baguls i algunes de les maletes van desaparèixer allà mateix, davant dels nostres nassos, a mans dels vigilants. I ningú no va gosar protestar ni demanar on se'ls emportaven. Només aixecar els ulls, la primera cosa que podíem veure era la torre amb la metralladora i el soldat que ens contemplava. Tot ben pensat per intimidar-nos i fer-nos entendre que havíem deixat de ser ésser humans per esdevenir presoners sense cap dret i sense cap mena de possibilitat de sortir d'allà. Els enormes murs de la fortalesa, de granit i totxo, i les esteses de filferro empuat, amb ceràmica, ja ens alertaven que estaven electrificades.

Com ja he dit, vaig ser adscrit al segon grup, que semblàvem una colla de pidolaires. No ens havien donat ni aigua ni cap mena d'aliment. Tot el que em quedava en aquest món era allà, amb mi. Excepte Ilse, que no sabia on havia anat a parar. A la presó havia pogut guarir les ferides del cos, que no les de l'ànima. No pas perquè els metges hi posessin gaire interès, sinó perquè la natura és intel·ligent i fa la seva feina. No obstant això, la meva cara conservava les cicatrius dels cops i de les tortures que m'havien infringit a les dependències de la Gestapo, dia rere dia, sense parar. També en tenia unes quantes més al cos, però no es veien perquè la roba les cobria.

Vaig contemplar els murs de pedra i les portalades que s'havien tancat després d'engolir-nos. Aquelles, sens dubte, eren les portes de l'infern, i el món civilitzat (si és que existia) havia quedat darrere dels murs i de les tanques de filferro empuat, a les que ens van advertir (com si fes falta!) que més valia no atansar-s'hi. Després vaig llençar un esguard als nostres guardians, aquells carcellers amb ulls durs que reflectien el seu salvatgisme i la brutalitat que no s'estaven d'amagar, més propers a les feres i als animals que no pas als éssers humans. El menyspreu amb què ens tractaven n'era la prova més evident i un petit avançament d'allò que ens podia esperar dins del camp de Mauthausen, fins al punt que vaig arribar a imaginar que, tal vegada, el meu pas per les dependències de la Gestapo acabaria sent un record agradable, si el comparava amb el futur que tenia davant meu, on tot apareixia amb colors grisos i tenebrosos.

Ens van donar un sac de paper. No podíem dur res amb nosaltres, perquè ens anàvem a dutxar. Davant nostre hi havia una taula amb un presoner vestit amb l'uniforme ratllat. A una ordre de l'oficial, i sempre sota la mirada vigilant dels SS, ens van fer despullar de pèl a pèl i ens obligaren a ficar tots els efectes personals i tota la roba dins del sac. Els anells, rellotges, joies i altres objectes amb algun valor, fins i tot les ulleres, les havíem de dur a la mà i dipositar-les damunt la taula. Jo no vaig tenir gaire feina, perquè ja m'ho havien pres tot a la presó. Fins i tot l'anell de casat, l'únic record que em quedava d'Ilse i que va desaparèixer tan bon punt vaig entrar a la presó. Poc que me'l van tornar quan vaig abandonar la cel·la per ser conduït al camió, de la mateixa manera que una part del que hi havia damunt del taulell, en un curiós joc de mans, també va desaparèixer en un tres i no res a mans de qui ens vigilava. Només va haver-hi un que es va atrevir a protestar, però gairebé no va tenir ni temps de badar boca, perquè va rebre un cop de bastó al cap i va caure estès. Evidentment, ningú més no va gosar protestar. Pel que fa a la roba, el presoner que prenia nota, escrivia el nom de cadascun de nosaltres al sac corresponent i els apilava per tal que altres presoners se'ls enduguessin a l'*Effektenkammer*, el servei de guarda-roba. Per tornar-ho tot quan abandonéssim el camp, deien amb sarcasme. El mateix que a mi m'havien dit quan vaig entrar a la presó.

Acabada la primera cerimònia, com si es tractés d'una iniciació i sense cap mena de mirament, un metge ens va ordenar obrir la boca i, després d'examinar-nos un per un, va prendre nota de totes les peces d'or que hi teníem. El significat de dit examen se'm va revelar dies després, quan vaig descobrir que aquells que tenien més or a la boca eren vigilats amb molta cura tot esperant que morissin, moment que aprofitaven per arrencar-los tot allò que de valor els quedava, si és que no ho havien perdut a cops. Sortosament jo no en tenia cap, de peça d'or, perquè el dia que ho vaig descobrir, se'm va regirar l'estómac. Déu meu, fins a quin extrem arriba la crueltat humana!

Però el pitjor de tota aquella macabra rebuda encara no havia arribat. A les dependències que hi havia al costat de les dutxes ens esperava una nova cerimònia. Ens van fer entrar a empentes i em vaig adonar que oferíem la tètrica imatge dels vedells que condueixen a l'escorxador. Vaig contemplar horroritzat que als primers d'entrar els estaven afaitant tot el cos, de dalt a baix, de cap a peus. I tot sense el més mínim aguait d'humanitat. Els desgraciats sagnaven pels nombrosos talls que els feien amb aquelles navalles velles i de fulla irregular que, de ben segur, mai no les canviaven i mai no les esmolaven.

Bocabadat, absolutament astorat davant d'aquell cruel i denigrant espectacle, de sobte vaig sentir que una mà em clavava una bona bufetada, que em va deixar atordit.

—Et fa gràcia, oi que sí? —va cridar aquell home.

Només li vaig poder veure els galons. Es tractava d'un caporal. Em va treure de la fila agafat pel clatell i em va obligar a acotxar el cap.

—Un que riu —va tornar a bramar—. Sembla que això li fa gràcia —repetí, i em va empènyer cap als barbers, mentre els soldats deixaven escapar fortes riallades—. Ara sabràs qui sóc jo —afegí amb ràbia, mentre m'arrossegava.

El caporal va cridar un dels barbers, que s'atansà brandant la navalla com si fos una espasa venjadora, amb la intenció de rapar-me el cap. Somreia divertit per tal de riure-li les gràcies, al caporal, i a mi se'm va glaçar la sang a les venes.

Tanmateix, en el precís instant que anava a començar amb la seva tasca, vaig observar que mirava al caporal i que els seus ulls feien tota la fila d'un home espantat.

—Si li fas un sol tall, et juro que jo mateix t'arrencaré la pell amb la teva pròpia navalla —vaig escoltar la veu de l'SS, gairebé un murmuri entre dents, i vaig veure que, al contrari d'allò que havia imaginat, la pal·lidesa encara podia reflectir-se en aquella pell blanca com la llet. Jo no gosava tombar el rostre—. Paraula del caporal Rudi Hassestein —afegí l'home que em seguia agafant pel clatell.

Llavors sí que em vaig tombar, d'una volada, i vaig descobrir el rostre de l'home a qui havia salvat de caure en mans de la Gestapo, al cafè de Viena, temps enrere. No vaig dir res, però, perquè ell feia com si no m'hagués reconegut i un sisè sentit em cridava que les meves millors armes, en aquelles circumstàncies, eren el silenci i la prudència.

El pobre barber va trigar una estona per decidir quina navalla era la més adient i no va parar de suar mentre m'afaitava tot el cos. De tant en tant s'aturava, engolia saliva i procurava que els pols no li tremolés, gens ni mica. Mullava constantment la fulla i abans d'aplicar-la a la meva pell dubtava de la millor manera que l'havia de posar.

Vaig suportar aquella vexació el millor que vaig poder i vaig contemplar com m'afaitava el pubis, em

153

tocava i em remenava. Déu meu! «No es pot caure més baix», pensava. Pobre desgraciat! Encara no m'havia assabentat que sempre hi ha un graó més avall!

Acabada la feina, va dirigir els seus ulls cap al caporal Hassestein, tot buscant la seva aprovació, però l'única cosa que va rebre va ser una empenta que el va fer caure a terra.

Rudi em va tornar a agafar pel clatell i em va conduir cap a les dutxes. Allà em van proporcionar un tros de sabó i una tovallola humida que ja havia estat emprada per un bon plec de gent. Això era tot. Em vaig dutxar i vaig aprofitar per beure tota l'aigua que vaig ser capaç.

—Anem, que t'has de vestir per a la festa de recepció —va cridar Hassestein, quan va considerar que havia d'haver acabat, i em va treure d'allà.

Encara ressonaven les riallades dels altres SS quan vaig abandonar les portes de l'infern i em va conduir de nou al pati, on un altre presoner tenia davant seu uns enormes llibres. Just abans d'arribar-hi, em va dir, a cau d'orella.

—Ets electricista. Ho has entès?

Vaig fer que sí, amb el cap, sense badar boca. Ara ja sabia que m'havia reconegut.

Em va deixar a la fila i va desaparèixer. Jo no parava de pensar que allò no podia ser cert, que tota aquella escena formava part d'un malson macabre. I això que jo era un dels afortunats, si em comparava amb els pobres desgraciats que estaven sent afaitats sense cap mirament. Però l'escena era real. «A Àustria!», no parava de repetir-me. Al bressol d'una immensa i rica tradició cultural i musical que havia fet notables aportacions al coneixement de la humanitat.

—Digues el teu nom —em va ordenar el presoner que estava assegut a la taula.

—Psarris, Günter —vaig respondre.

—Professió?

—Electricista.

Va prendre nota i em va indicar que havia de buscar uns pantalons i unes sabates que m'anessin bé de la pila que hi havia enmig del pati. En vaig triar uns i després vaig buscar entre la pila de sabates de sola de fusta, mal fetes i pitjor acabades, rígides i dures, que només calçar-les ja em feien mal, perquè es clavaven a la pell.

Encara vam romandre força estona dempeus, fins que ens van proporcionar la jaqueta. La meva portava un triangle vermell. Allò significava que era un presoner polític.

Me la vaig posar. Altres van rebre una jaqueta amb un triangle verd. Poc després m'assabentaria que el distintiu de color verd, emblema d'assassins i criminals convictes, era un salconduit cap als llocs d'honor del camp, la flor i nata dels presoners de l'infern, la classe distingida i aristocràtica de l'escòria alemanya, perquè els del triangle doble, en forma d'estrella de David, els jueus, rebien el pitjor tracte i s'atansaven a la mort amb una rapidesa esparveradora.

Allà va concloure la cerimònia de recepció i vaig ser conduït als barracots que s'empraven com a sales d'adaptació al camp, separats dels altres per filferros empuats, mentre esperàvem que ens assignessin una tasca i ens posaven al corrent de les normes del camp, on qualsevulla transgressió esdevenia càstig.

Una part dels que portaven més equipatge, i que eren jueus, van desaparèixer aquell mateix dia i ja no els vam tornar a veure ni vam saber res més d'ells. Ningú no preguntava. No calia, perquè si no hi eres volia dir que ja no existies. Així de fàcil.

Dos dies després, els que tenien un triangle negre a la jaqueta, distintiu de lladres i d'indesitjables, van ser enviats a la pedrera. Havien de ser eliminats al més aviat possible. Els del triangle vermell vam seguir el mateix camí, només que quinze dies després, mentre que els altres eren repartits per tot el camp sense tenir gaire en compte les seves habilitats, coneixements o ofici, perquè tots plegats no érem altra cosa que bèsties de càrrega. Per contra, als que tenien el triangle verd se'ls van assignar tasques més lleugeres. Naturalment, s'ha d'entendre aquest qualificatiu en comparança amb les altres ocupacions, perquè la vida dins d'aquells murs i filferros empuats no era cap meravella.

De seguida ens van posar al corrent de qui era Ziereis (comandant en cap), l'*Oberstumführer* Bachmayer (el comandant del camp), i l'*Straffkompanie* (la companyia de càstig) en la que, sota cap circumstància, havíem de caure, perquè la pedrera, amb la seva escala de la mort no era un lloc gaire recomanable. No sé perquè ens ho deien. Els del triangle vermell ja hi havíem caigut. El que sí és cert és que la pedrera mai no es tancava sense un bon nombre de morts, baixes que calia reposar-hi.

Un mes després ja havia perdut uns quants quilos de pes. L'alimentació era horrorosa: sopa de naps, un tros de pa i una mica d'embotit, quan n'hi havia, que no era sempre. Tot i així, no era dels que més pes havia perdut.

En aquells dies vaig presenciar tot tipus de barbaritats i d'atrocitats i confesso que va haver moments que vaig desitjar morir per tal de deixar de viure aquell terrible malson. Em semblava impossible que uns homes poguessin arribar a ser tan cruels, tan despietats i tan proclius a manifestar obertament que freturaven de tot sentiment que pogués qualificar-se mínimament d'humà.

Què és el que ens empenyia a seguir vius? L'esperança, malgrat que la frase que hi havia a l'entrada del camp era clara i evident. Ho havia perdut tot, però em quedava un pensament. Ilse estava en algun lloc d'aquest món que havíem convertit en infern i jo havia de sortir d'allà i trobar-la. Aquesta era la meva esperança, l'únic raig de llum dins la foscor.

Tot el dia havies d'anar a l'aguait per no ficar-te en cap embolic. O millor dit: per no trobar-te en cap mullader, perquè era evident que no calia buscar les ocasions per rebre de valent, perquè elles ja venien totes soles cap a tu, et buscaven i, naturalment, tard o d'hora et trobaven. Una sola mirada i ja n'hi havia prou. Per aquesta raó caminàvem amb el cap cot i sense atrevir-nos a aixecar els ulls més enllà dels nostres peus. Podies passar per davant d'un guardià i rebre, perquè aquell matí ell no estava de bon humor. No calia cap més excusa. Si caminaves a poc a poc, rebies; si caminaves de pressa, també rebies; si t'aturaves, rebies; si parlaves, rebies; si callaves, rebies; si somreies, rebies... De manera que, de fet, no calia cap excusa. Jo havia llegit sobre l'imperi romà, on existia l'esclavatge, però fins i tot tenien lleis per als esclaus i se'ls deia esclaus. Aquí, per contra, no se'ns anomenava esclaus, però tampoc hi havia lleis que ens protegissin. Érem escòria, despulles humanes i bèsties de càrrega que no teníem dret a res. Ni a la vida!

Nous carregaments de presoners arribaven sense parar i quedaven convertits en noves despulles humanes que s'escapolien per les xemeneies dels forns crematoris, que no s'aturaven ni un moment. Nosaltres ja ni podíem olorar aquella pudor infecta, perquè la nostra pituïtària havia mort feia temps. Tants eren els cadàvers que es produïen en aquell lloc que, força sovint, els mateixos camions que portaven nou bestiar havien de carregar cossos i endur-se'ls.

Pel que fa a la feina, era senzilla i dura. Ens llevaven cada matí i ens conduïen al fons de la pedrera, on havíem de carregar a l'esquena una pedra de quaranta o cinquanta quilos de pes i pujar-la al capdamunt. Cent vuitanta-sis graons irregulars que havíem de grimpar a pas de marxa atlètica.

Entre els que coneixien bé el camp i el seu funcionament es comptaven els del triangle de color blau, distintiu dels republicans espanyols. D'ells deien que havien estat capaços d'organitzar-se. Els altres anàvem ben perduts. I jo més que ningú, perquè no era res: ni alemany, ni austríac, ni polonès ni grec.

L'escala de la mort no es tancava cap dia sense que sumés un bon nombre de cadàvers que acabaven els seus dies al fons de tot de la pedrera. Alguns esgotats, sense poder suportar el pes de l'enorme pedra que els carregaven a l'esquena; altres després del «salt del paracaigudista», nom amb el que els SS havien batejat «graciosament» la caiguda en vertical, de més de vuitanta metres, des del cap damunt de la cornisa artificial, bé sigui pel desig suïcida dels que ja no podien més, bé sigui per l'empenta que els clavaven els mateixos guardians, que encara reien divertits. Això, juntament amb tots els macabres jocs que aquelles ments criminals eren capaços d'inventar, constituïen les diversions del camp.

Tan gran va ser el cúmul de barbaritats en un espai tan reduït que explicar totes les brutals atrocitats de què vaig ser testimoni em portaria a escriure llibres sencers. Espero que algú ho hagi fet, per tal que la memòria no es perdi i que mai més no torni a passar allò que ja hauria de formar part de la història, de la pitjor i més nefasta i vergonyosa història de la humanitat.

Hi havia homes que morien electrocutats a les empares, perquè ells mateixos es llençaven damunt del filferro, però el més macabre de tot era el joc del «dominó», si és que, a aquest nivell, es poden fer comparances. Aquest joc el vaig descobrir un matí, mentre baixava cap al fons de la pedrera. Hi havia tres SS que feien apostes.

—Quants? —preguntava un, amb els diners a la mà.

—Deu, com a mínim —deia un altre.

—Màxim set —apostava el tercer.

—No ho aconseguiràs —va dir el primer.

No sabia de què parlaven i em vaig fer l'orni per descobrir-ho.

El que havia parlat en segon lloc, que deia que n'aconseguiria deu, es va dirigir al capdamunt de l'escala de la mort. Es va plantar al lloc on els presoners, en fila índia, baixaven saltant els graons. Allargava el coll i semblava estudiar la fila. Mirava cap avall i semblava comptar. Un dels tres em va veure i em va clavar una puntada que vaig poder esquivar, perquè vaig començar a córrer escales avall.

A baix ens situàvem per ordre. Primer els del triangle verd, castigats per alguna raó. Aquest duien a l'esquena una mena de cistell lligat amb corretges al pit. Això els permetia carregar la pedra i transportar-la amb més facilitat. Nosaltres, els del triangle vermell, no teníem dret a aquestes comoditats. I els jueus, encara menys. Ells pujaven els darrers i carregaven més pes que ningú, perquè també eren els darrers de triar. Amb ells, de tant en tant, jugaven al tir al colom. Aquest era una altra diversió que consistia a posar una fila de presoners de cara a l'abisme i llençar-los, mentre els SS que eren a baix disparaven i els caçaven al vol.

Aquell dia, un cop havia carregat la pedra, un dels kapos, que així era com nomenaven els presoners guardians, els que ajudaven al *Totenkopf Verbander* (el cos de guàrdies), ens va dir:

—Avui toca dominó. Pugeu ben de pressa i distancieu-vos dels jueus.

Tots els del meu grup van sortir esperitats cap a l'escala. No m'ho vaig pensar dos cops i m'hi vaig afegir. Déu meu! Quin mal que em feien els peus, amb aquell simulacre de sabates que ens havien donat, amb sola de fusta, mal fetes i que es clavaven a la carn.

Els tres SS ja s'havien situat al capdamunt de l'escala. Vaig intentar anar més ràpid, vaig patinar i vaig caure. Un home em va agafar per la jaqueta i va impedir que anés a petar al fons de tot. Em vaig llevar de nou. Els nostres companys s'havien distanciat i els jueus gairebé ens havien atrapat. Vaig treure forces d'on ja no n'hi havia i vaig escalar els últims graons tremolant de terror.

Quan vaig atrapar el darrer, un dels soldats em va clavar un cop amb el seu bastó, que per sort va pegar a la pedra. Em va desequilibrar i vaig ser a punt de traspassar la línia situada a la meva dreta, que limitava la zona prohibida. Si hi posaves un peu, significava que volies fugir i eres home mort, perquè els guardians de les torres disparaven les metralladores. I si, per contra, te n'anaves cap a l'esquerra, queies al barranc.

De sobte, un dels soldats va clavar una puntada de peu al pit del primer jueu de la fila, que arribava carregat amb una enorme pedra a l'esquena, que encara

161

no sé ni com podia portar-la sense que l'aixafés, perquè només era pell i ossos. Aquell pobre diable va caure enrere, va ensopegar amb els que el seguien i els arrossegà amb ell cap al fons de la pedrera, mentre els altres dos SS comptaven els que queien. Llavors vaig entendre de què feien apostes i el significat del joc del dominó.

—Sis, set, vuit... nou... —comptava el que havia empès el primer de la fila.

—Només n'han caigut nou! —rigué el que havia parlat primer, i va estendre la mà per rebre els diners apostats.

—Merda! —va cridar qui havia perdut l'aposta, i ple de ràbia va empènyer un altre presoner cap avall—. Ja en són deu —va dir.

—No et vulguis escapar, que has perdut l'aposta —li contestà l'altre.

Em vaig quedar glaçat. Aquell era el joc del «dominó». Cossos aixafats, sang que regalimava pels graons, gemecs de dolor i pudor de mort, mentre els SS cridaven que ningú no s'aturés, que tots plegats érem una colla de ganduls i que ja n'hi havia prou de perdre el temps, i els presoners abaixàvem la mirada i procuràvem passar desapercebuts.

Aquell dia, per si no en sabia prou, vaig descobrir que la nostra imaginació, la de l'ésser humà, no té límit quan es tracta d'infringir dolor als altres. Un cadàver més no tenia cap importància. Els únics que es queixarien eren els que controlaven els forns, perquè tindrien més feina. I això que no els carregaven ells, sinó altres presoners, triangles verds.

Vaig buscar l'home que m'havia salvat d'acabar estavellat a les pedres. Era un triangle blau. Es deia Miquel i parlava una mica d'alemany. No gaire, però ens vam entendre. Li vaig donar les gràcies i ell em va explicar que ja feia set mesos que era allà dins. Jo li vaig relatar la meva desgràcia. La seva era ben simple: havia lluitat primer contra Franco i després contra els alemanys amb la resistència francesa. Era baix i moreno, amb uns ulls vius i nerviosos.

—Es pot viure tant de temps, aquí dins? —li vaig preguntar.

—T'has fixat en la divisa que els SS duen al cinturó? —va somriure—. *GOTT ITS MIT UNS*. Déu és amb nosaltres. Saps què faig cada dia, quan sóc a la cantera? A cada passa que dono repeteixo sense parar: GIMU.

—Gimu? —vaig demanar amb un somriure—. En tot cas hauria de ser guimu, perquè en alemany la G i la I es pronuncien GUI.

—Tant s'hi val la pronuncia! —rigué ell—. L'important és el significat. Tu digues guimu, que jo seguiré dient gimu. I, amb sort, viurem.

I a partir d'aquell dia, cada cop que baixava a la pedrera, cada cop que rebia una bastonada, una puntada de peu, un càstig, amb cada passa... jo pronunciava GUIMU, GUIMU, GUIMU, que esdevingué com una oració.

Déu és amb nosaltres, no pas amb ells, i nosaltres al final guanyarem.

9.- LA IMMENSA SOLEDAT

Des que havia entrat al camp no havia tornat a veure Rudi Hassestein, perquè ell formava part del comitè de recepció i mai no creuava les portes.

Un matí ens van despertar a cops i ens van fer sortir a empentes per formar al pati de passar llista. Allà ens van fer despullar pèl a pèl i ens van ordenar que deixéssim la roba als nostres peus. Feia fred, un fred horrorós que els nostres cossos debilitats i famèlics encara sentien més. Algú va fer córrer la veu que un presoner s'havia escapat i llavors vam entendre la mala llet dels SS.

Van passar llista i en faltaven tres. La ràbia dels nostres carcellers va pujar encara més i van començar a repartir bastonades i puntades de peu, mentre cridaven com folls.

Havies d'aguantar els cops sense moure't. En cas contrari s'acarnissaven amb tu i podies morir allà mateix.

—Mireu dins dels barracots! —cridà un dels oficials.

—Tu, tu, tu.. —va començar a assenyalar un soldat.

De sobte una mà em va agafar pel clatell i em va treure de la fila, escampant la meva roba.

—Anem! —vaig escoltar que feia la veu de Rudi Hassestein.

El vaig seguir i em vaig aplegar als desgraciats que havien de regirar els barracots. Vam sortir corrents, seguits de ben a prop pels soldats i pel caporal Hassestein.

—Vull que els trobeu! —cridà el caporal.

Ens vam distribuir i a mi em va tocar el barracot disset, un dels que servien per albergar els nouvinguts. Vaig entrar i vaig començar a remenar-ho tot. Rudi va venir darrere meu.

—En aquell racó —em va dir, tot assenyalant amb la barbeta.

M'hi vaig dirigir sense badar boca i just darrere d'uns matalassos s'amagava un cos.

—Despulla'l i treu-lo fora —m'ordenà.

Es tractava d'un triangle verd, dels que acabaven d'arribar feia pocs dies. El vaig despullar, vaig carregar amb aquell cos i amb la seva roba i el vaig treure com vaig poder, arrossegant-lo fins exposar-lo davant de tothom.

Un altre presoner havia trobat el segon cadàver.

—Vosaltres dos, recolliu la vostra roba i quedeu-vos davant dels cossos que heu portat —ens va ordenar el caporal Hassestein.

Vam entrar a les files, vam recollir la nostra roba i ens vam dirigir per posar-nos ferms davant dels dos cadàvers. Just en arribar, el caporal em va pegar un cop i la meva roba va caure per terra i es va barrejar amb la del mort. Llavors, Rudi Hassestein va apartar amb el peu una part de la roba i la va arrossegar fins als meus peus.

Durant tot el matí no ens vam moure d'allà. Cap al migdia, morts de fred, vam escoltar que arribava un camió i poc després dos soldats van treure un presoner i el van obligar a caminar fins plantar-lo davant nostre. El pobre havia rebut de valent i li costava mantenir-se dempeus. Van passar una corda per damunt d'una biga de fusta muntada sobre dos pals, la van lligar a les mans del presoner, a l'esquena, i van estirar fins que els peus del desgraciat ja no tocaven el terra. El pobre diable va quedar penjat amb el cos arquejat. Els crits de dolor d'aquell home em trasbalsaven.

L'oficial ens va fer un discurs i ens va explicar amb molt de detall que ningú, sota cap circumstància, podia fugir d'aquell camp. Ningú no ho havia aconseguit i ningú no ho aconseguiria, va fer tot orgullós i cofoi. Llavors es va tombar i ordenà un soldat que enlairés encara més el fugitiu. Quan va estar prou alt, l'oficial es penjà dels seus peus.

El silenci era absolut i vam escoltar amb tota claredat el soroll que fan els ossos de les espatlles quan es trenquen. El crit va ser horripilant. Tanmateix, ningú no es va atrevir a apartar la mirada de l'infortunat, ni va parpellejar. L'havies de mirar o rebies.

Aquell pobre desgraciat, que havia tastat la llibertat durant una nit, va trigar més de dues hores a morir. Un preu molt alt per tan poc temps. Li van estar clavant cops i més cops fins que va deixar de respondre i esdevingué un sac penjat. Els seus braços, que havien començat enrere, ja formaven una línia vertical amb el cos. Les articulacions de les espatlles havien donat una volta sencera.

—Vestiu-vos i a treballar! —bramà l'oficial.

Vaig prendre els pantalons i me'ls vaig posar. Després vaig veure que la jaqueta no era la meva i vaig intentar canviar-la per la que havia quedat al costat del cadàver, però Hassestein, que era a prop meu, em va clavar un cop amb el seu bastó.

—Ràpid! —va fer amb ràbia—. Que no hi sents?

Anava a dir-li que aquella no era la meva jaqueta, que jo era un presoner polític amb triangle vermell, però em va clavar un segon cop, i vaig callar.

Dins del camp, a mesura que passen els dies, acabes desenvolupant un sisè sentit i copses missatges sense paraules. Ho acabava d'entendre. Ell volia que jo vestís la jaqueta amb triangle verd. I quan ens van donar l'ordre d'anar a treballar, em vaig quedar a prop seu.

Tothom va córrer i Hassestein va assenyalar el cadàver que m'havia fet arrossegar des del barracot disset.

—Retira el cos de Günter Psarris i porta'l al forn —em va dir.

—El cos de qui? —vaig gosar preguntar, perquè la sorpresa era gran. Ells mai no ens deien pel nom, sinó pel número.

—Et vaig dir que un dia et tornaria el favor, i ja ho he fet. Ara ets un kapo i tot depèn de tu —em respongué entre dents, gairebé sense obrir la boca—. Si ets intel·ligent i fas tot allò que et diguin, tens una possibilitat de sortir d'aquí.

—Quan mirin les llistes sabran que sóc Günter Psarris. El número em delata.

Va balancejar el cos endavant i enrere, em va mirar divertit i em va somriure.

—El teu nom és Ludwig Jurgens. Ets aquí perquè has mort dos homes i pel teu número no t'has de preocupar. Els registres els controlo jo, perquè els altres són imbècils, pobres retardats mentals incapaços de comptar quan fan dos i dos. Aquesta nit seràs traslladat al barracot trenta-set.

—Els meus companys...

—Acabes d'arribar. I, a més, ningú no porta la contrària al caporal Hassestein —va fer una ganyota que volia semblar un somriure—. Ara t'alimentaran bé. Has d'estar fort per pegar a aquests desgraciats.

—No vull pegar a ningú —vaig gosar replicar-li.

—Te'n recordes, de la conversa que vam tenir a Viena? —em demanà, i jo vaig assentir amb el cap—. I encara no has entès que un home fa qualsevulla cosa per sobreviure? Ja has vist que només hi ha dues maneres de sortir d'aquest lloc: per la xemeneia en forma de fum o per la porta, dins d'un camió, però cadàver. Qui aquí entra, perd tota esperança. Ho tens present, oi que sí? —va fer, i jo vaig assentir un cop més—. Doncs ara et diré que l'esperança sempre existeix per a un home intel·ligent. I tu ho ets i, a més, em caus bé —afegí.

Va fer mitja volta i marxà.

*** ***

Habituar-se a la dura vida del camp de Mauthausen no era una tasca senzilla, com tampoc ho era canviar de personalitat i viure dins d'un grup que no és el teu. I menys encara si duus un triangle verd enganxat a la jaqueta.

Entre els assassins s'havia creat una societat tancada, amb les seves pròpies jerarquies, en funció de la brutalitat que els kapos eren capaços de manifestar. A més brutalitat, major rang i majors simpaties per part dels SS. Per tal de sobreviure havies de ser astut, perquè el joc consistia a no ser enxampat mai. Si volies fer un favor, ho havies de fer amb habilitat.

Durant dos mesos vaig procurar no fer-me amb ningú, perquè no podia refiar-me de ningú. Al contrari dels espanyols o dels jueus o dels polonesos o dels txecoslovacs, que havien fet pinya i s'ajudaven entre ells, els triangles verds érem animals entre animals. Només si mossegaves et respectaven. I la soledat s'apoderà de mi fins a l'extrem que no sabia si ho podria resistir. L'únic pensament agradable era la imatge d'Ilse. La seva imatge. Arribada la nit, quan m'estirava damunt del matalàs, tancava els ulls i ella venia a visitar-me. Si no hagués estat per ella, potser m'hauria estimat més la mort, però el seu record i el desig de trobar-la em mantenien dempeus i m'obligaven a caminar.

Entre els altres presoners un triangle verd era sinònim d'empestat. Ens respectaven quan érem davant seu, però ens odiaven. Després de molts intents, Miquel va acabar per escoltar-me. Només ell, perquè la resta dels seus companys ni em parlaven. L'únic problema era que estàvem força allunyats, l'un de l'altre, però li vaig fer un parell de favors: li vaig aconseguir una manta, dues tovalloles, un tros de tela i una mica de margarina extra. Coses que dintre d'aquells murs eren or pur. Aquest detall em va permetre que em considerés un amic i que els altres em toleressin. Si més no, ja tenia algú amb qui comptar. I sort en vaig tenir d'ell! Era tot un personatge, amb un esperit de lluita com mai no he vist. Ell es va sumar a la imatge d'Ilse i em va sostenir en els pitjors moments. El recordo amb tant de sentiment...

171

—Jo veuré als meus. T'ho juro. I a tu, Ilse t'espera —em deia quan ja estava a punt de caure. Llavors m'agafava per la pitrera i em sacsejava—. Gimu... No, perdona que tu dius guimu. Doncs bé. Has de repetir: guimu, guimu, guimu... I pensa en ella. No ho oblidis mai. Lluita, collons!

—Contra qui vols que lluiti, si ells tenen les armes i el poder? —li vaig respondre un dia.

—Contra ningú, idiota! —va fer—. Encara no ho has entès? Jo he viscut una guerra. Vaig estar a la batalla de l'Ebre i vaig sobreviure. No lluitis mai contra ningú, perquè ho faràs amb odi i els teus enemics, l'odi o tu mateix acabaran per destruir-te. Lluita per tu. Només per tu. I un dia tu i jo sortirem per aquella porta —i va senyalar la porta del camp de Mauthausen—. Sí. Tu i jo traspassarem aquesta porta i ho farem caminant. No pas dintre d'un camió, sinó per nosaltres mateixos, per tal de demostrar que vam ser a l'infern i vam sortir pel nostre propi peu. Lluita per tu, collons!

Collons es la primera paraula que vaig aprendre d'ell. Ho deia a tothora. Amb força, amb ràbia. Era tot un personatge. Es movia com un esquirol, coneixia tothom, tenia contactes amb tots els grups i parlava amb mi. Això era el més important: que parlava amb mi. Ell de dia i Ilse de nit. Amb ella era jo que parlava i li explicava les converses amb Miquel com si li parlés d'un amic comú, com si ambdós el coneguéssim de tota la vida. I al final un únic pensament: havia de sobreviure a tot preu!

Un dia se'm va atansar un dels triangles verds. Ja no recordo el seu nom, però era un dels més brutals. Intimidava els seus companys, que li tenien por. Era un dels de màxim privilegi, perquè fins i tot li permetien visitar de tant en tant el bordell del camp.

—Jo sóc qui mana. Ho has entès? —em va dir.

—On creus que manes, desgraciat? —li vaig contestar.

Em va agafar per la pitrera i ja m'anava a clavar un cop de puny, quan un altre kapo que l'acompanyava, li va dir a cau d'orella:

—Ves amb compte. És el protegit del caporal Hassestein.

Em va mirar als ulls i jo vaig aguantar amb fermesa. Llavors, va somriure, em va deixar anar i va marxar.

Ningú no em va molestar mai més. Per sort jo no havia de mossegar i em respectaven, perquè aquella banda d'animals tenien vertader terror a Rudi Hassestein.

És difícil explicar com et sents quan l'única cosa que t'envolta és la soledat, malgrat que t'acompanyen centenars d'homes. Em llevava cada matí, prenia un pal i em dirigia a la sabateria, complia amb la meva feina de vigilar que la producció fos l'adient i me'n tornava, al llit. Dins del meu barracot els altres triangles verds callaven quan jo hi entrava, formaven grups a part i parlaven entre ells amb veu baixa. Mormolaven que la meva actitud no era massa amical i sospitaven que li passava informació d'ells al caporal Hassestein. Per això em tractaven amb respecte i amb por, i jo no feia res per canviar aquella situació.

Havien transcorregut sis mesos des que havia arribat al camp. Sis llargs mesos i el que havia aconseguit, a part de sobreviure, era que ningú em dirigís la paraula. Allò era el pitjor de tot. Tanmateix, miraculosament, havia sobreviscut al terrible hivern de 1941, amb temperatures que rondaven els setze graus sota zero. Els barracots de fusta ens protegien relativament del fred, però jo havia aconseguit una bona manta, que defensava amb ungles i dents, si calia, perquè allà s'aplicava la llei del més fort.

En fi! Podria explicar mil detalls, anècdotes, tortures, vexacions, arbitrarietats, salvatjades... i em quedaria curt. El cert és que la meva habilitat per eludir qualsevulla responsabilitat va créixer fins a extrems impensables. Havia après a no destacar en res i a passar desapercebut als ulls de tothom. Era la millor manera de sobreviure.

*** ***

Tot i que vivíem a esquenes del món i sense cap notícia de l'exterior, ens manteníem informats gràcies als nous presoners.

El mes de novembre de 1941 havia aparegut el primer contingent de presoners russos. Eren ben bé un bon parell de milers. A ells els van tancar en un lloc a part, lluny de nosaltres i aïllats. Tanmateix, en un camp de presoners s'acaba sabent tot i la imaginació trenca qualsevulla empara i qualsevulla frontera, encara que estigui electrificada.

Miquel, que no es podia quedar quiet, s'ho va manegar per assabentar-se per boca d'aquells russos que Alemanya no ho tenia tan fàcil a les estepes i que els Estats Units havien entrat en el conflicte, perquè el Japó havia atacat sense previ avís Pearl Harbor i havia destruït gairebé dos-cents avions i cinc cuirassats de combat, amb la qual cosa la flota americana del Pacífic havia quedat tan malmesa que tothom tremolava.

—Ho veus? —em deia tot eufòric—. Jo tinc raó. Aguanta i sortirem d'aquí.

Poc després, amb un altre carregament de russos, vam saber que l'exèrcit del III Reich s'havia estavellat contra Moscou a causa de l'intens fred, del famós general blanc. I poc després, al gener de 1942, ens vam assabentar que l'exèrcit roig contraatacava.

Tanmateix, dins d'aquells murs, el temps transcorria lentament. Molt lentament. Cada dia era igual que l'anterior i la mort ens venia a visitar i xerrava amb nosaltres per explicar-nos que tenia molta feina. Llavors, aquell espectre obria els braços i ens mostrava els presoners russos morts pels cops al cap o afusellats davant de les empares, tots els jueus que quedaven estesos al fons de la pedrera, els txecoslovacs torturats enmig del camp, els espanyols trinxats per diversió del SS, els polonesos ofegats al riu...

Sí, el temps transcorria lentament, lentament, lentament... I jo no deixava de pensar en Ilse i de cercar la possibilitat de sortir d'allà. Però com? Perquè escapar era del tot impensable. Ningú no ho havia aconseguit i, si creuaves aquells murs, on podies anar? Rapat, mal vestit i dèbil no podies ni imaginar que series capaç d'aguantar un dia de marxa. Fugir era la mort.

*** ***

Un matí em van ordenar presentar-me al reconeixement mèdic. Ho feien de temps en temps per determinar els que encara servíem i els que havien de ser eliminats perquè ocupaven un lloc que havien de menester per encabir la gran quantitat d'homes que esdevindrien en poc temps despulles humanes. Els barracots cada dia estaven més plens i on abans dormíem dos, fent-nos nosa l'un a l'altre, ara ens havíem d'estirar deu o dotze, l'un damunt de l'altre. Gairebé cada matí algú apareixia ofegat.

Em va sorprendre i em va espantar que em cridessin per passar una revisió mèdica. Segons els meus càlculs encara no em tocava, i més valia començar a tremolar.

Vaig entrar a les dependències que hi havia al costat de les dutxes i em vaig trobar amb cinc triangles verds. Tots en silenci i preocupats. Parlar podia ser objecte de càstig. De manera que ens hi estàvem drets i gairebé ni ens miràvem.

Vam estar esperant durant una hora ben llarga, eterna. Finalment va sortir un metge, ens va fer un ràpid reconeixement, en descartà un, que va tornar al camp, i ens deixà sols un cop més.

Una hora més d'espera i ens van anar cridant un per un. Vaig ser-ne el tercer. Els altres dos, els que ja hi havia entrat, havien sortit i s'havien tornat al campament, sense dirigir-nos ni una sola mirada.

Quan vaig entrar al petit despatx, hi havia dos metges, un oficial i el caporal Hassestein.

—Has mort dos homes —em va dir un dels metges. No era cap pregunta, sinó una afirmació.

—Sí, senyor —li vaig contestar.

—Per què?

—S'ho mereixien, senyor —vaig respondre. Què li podia dir, sinó! No tenia ni idea de res. I em vaig quedar palplantat i esperant.

Després d'un curt silenci, vaig veure que qui tenia la carpeta al davant afirmava amb un cop de cap, abaixava la veu, parlava amb el seu company, em miraven, es tornaven a mirar entre ells i, finalment, va anotar alguna cosa. De tot allò vaig extreure que la meva resposta els havia complagut i, inexplicablement, no em van fer cap més pregunta.

Minuts després abandonava aquell despatx amb un regal del cel. Entraria a formar part d'un grup reduït que serviríem per a un experiment de rehabilitació. El caporal Rudi Hassestein havia donat el meu número com un dels presoners que podíem seguir un curs d'ideologia nacional, tal com l'anomenaven ells. De manera que quedaria dispensat durant una hora al dia de les meves obligacions i rebria instrucció per poder crear grups susceptibles de rehabilitar-se i tornar a formar part de la societat.

Dos mesos després em van assignar el meu grup de debat. Jo en seria l'animador. L'instructor d'un grup de bèsties que lluïen un triangle verd a la jaqueta. I la meva tasca consistia a convertir-los en éssers útils per la societat. No em feu riure! No m'ho podia creure. Jo estava alliçonant els altres sobre totes les idees que més odiava i convivia amb una colla d'assassins i desgraciats. Tanmateix, cada paraula, pronunciada amb èmfasi, representava una empenta més de la meva voluntat per sortir d'allà i anar a buscar Ilse. I procurava posar tot el meu entusiasme en cada mentida.

Guimu, repetia dintre meu cada matí, només llevar-me. Guimu, guimu, guimu, guimu, guimu...

I els dies van anar passant, i les setmanes, i els mesos, fins que cap a finals de la primavera, gairebé a les portes de l'estiu de 1942, van tenir lloc dos fets que canviarien moltes coses.

El primer va ser a finals de maig, tot just l'endemà de l'atemptat que va patir Reinhard Heydrich, l'home de confiança de Himmler.

Aquell dia els soldats de les SS estaven especialment violents i rabiosos i van carregar contra tots. Els kapos, per tal d'evitar els cops, ens vam sumar a les pallisses. Jo procurava no pegar massa fort i vaig descobrir que Miquel era perseguit per un altre kapo. M'hi vaig avançar, el vaig atrapar, el vaig rebregar per terra i vaig descarregar-li un parell de cops, simulant una duresa inexistent. Ell va copsar de seguida la meva intenció i es va quedar quiet, estirat al terra i protegint-se el cap. No calia ser gaire intel·ligent per descobrir que si es quedava allà, amb mi, estava salvat. I ell era més viu que la fam.

Vaig continuar fent veure que el pegava per tal de deixar que els altres s'allunyessin i quan ja pensava que ho havia aconseguit, vaig rebre un empenta per part d'un oficial de les SS.

—No perdis temps amb aquest malparit! —va fer, va treure la pistola i li va clavar un tret al cap amb una fredor absoluta.

Em vaig quedar glaçat. Tanmateix, vaig haver de reaccionar immediatament, perquè en cas contrari jo hauria estat el següent.

Quan marxava tot corrents, em vaig tombar un instant i vaig contemplar el cos del pobre Miquel. Havia quedat estès i el seu cervell estava escampat per terra, confós amb el d'altres que havien patit la mateixa sort.

Déu meu!. Acabava de perdre l'únic amic que tenia dins del camp i amb ell ho vaig perdre tot, perquè em va arribar el rumor que els seus companys em feien responsable de la seva mort. No hi va haver manera de fer-los veure que jo havia intentat salvar-lo, i em vaig quedar sol. Ara sí que estava absolutament sol.

«Ilse!», vaig cridar en somnis aquella nit, «Ilse!». Ja era l'única cosa que em quedava en aquest món. I era un record, perquè malgrat tots els ànims i l'exemple rebut de Miquel, havia perdut tota esperança de retrobar-la.

Durant els dies que van seguir a aquell terrible matí, les pallisses i les morts es multiplicaren. Heydrich va morir el 4 de juny a conseqüència de les ferides rebudes a l'atemptat i els txecoslovacs del camp van patir una repressió i una violència com mai no s'havia vist, perquè s'havia descobert que els autors de l'atemptat eren membres de la resistència txecoslovaca. En aquesta nova descàrrega de fúria i d'horror no van fer distincions i vam rebre tots plegats.

El segon fet va tenir lloc a finals de juny. Dins del meu grup hi havia un kapo que es deia Natz. Era un ésser abjecte i sanguinari, capaç de fer qualsevulla cosa per caure en gràcia als SS, fins a l'extrem que colpejava amb ràbia i amb sadisme, com si fos un d'ells. D'altres procuraven fer la seva feina i només s'hi abocaven quan els SS estaven a prop o arribaven força cremats. Tanmateix, a Natz li agradava el que feia. Els meus companys li reien les gràcies, tot i que sabien que estava ple de baixos instints que procurava omplir de qualsevulla manera, però ningú no gosava enfrontar-se-li, perquè ell queia simpàtic als SS.

Una tarda, quan jo em dirigia a la sabateria, vaig veure que s'havia aturat davant d'un barracot i que observava amb interès per la finestra, cap a l'interior. El vaig veure acaronar el seu pal i llepar-se els llavis. Va abandonar el seu punt d'observació i va entrar-hi. Mogut per la curiositat em vaig atansar a la finestra i vaig mirar-hi.

Dins del barracot es trobava un noi jove, d'uns vint anys, que formava part de la brigada de neteja i que lluïa un triangle violeta a la seva jaqueta. Aquest era el color que distingia els homosexuals. Malgrat que era prim i estava rapat, tothom sabia que aquell noiet atreia el kapo Natz, que ja feia dies que li anava al darrere, però que només rebia carabasses.

L'escena que se'm presentava als ulls no deixava lloc als dubtes. Natz s'estava dempeus davant del noi i somreia amb satisfacció. A aquella hora no podia ser allà i el va colpejar diverses vegades, mentre deixava anar riallades de maníac. Em vaig atansar a la porta i vaig escoltar que li deia:

—Sembles una doneta tendra i afectuosa. Oi que seràs amable amb mi?

De sobte, amb violència, es va llençar damunt del noi, l'arrossegà fins a una llitera, l'obligà a estirar-se bocaterrosa, li abaixà els pantalons i el posseí.

Entre bleixos i esbufegades, Natz acabà la seva feina i s'alçà victoriós.

Jo havia presenciat la brutal acció, però no hi havia intervingut, perquè el noi podia tenir sort i sortir d'allà només amb una violació.

Ja ho sé, que és una vexació horrible i digna de tot menyspreu. Tanmateix, quan et trobes en aquestes circumstàncies, la vida, i sento dir-ho, passa per davant de l'honor i que et donin pel cul és un mal menor. És dur, però és real.

El noi romania ajagut a la llitera, sense gosar moure un pèl. Natz es cordava els pantalons i reia divertit.

—T'ha agradat? —va fer, i el noi no va respondre —. No n'has gaudit prou? —li va preguntar, atansant la seva fastigosa cara fins gairebé besar-li la galta—. Això ho podem arreglar —afegí.

Llavors es va enretirar una passa, es va situar darrere del noi, va agafar el pal i li va ficar per l'anus. El jove va cridar de dolor i jo no m'hi vaig poder estar, vaig entrar-hi i vaig colpejar Natz, que es va regirar i vam iniciar una baralla.

Poc després tres SS ens treien a puntades del barracot. El jove homosexual havia desaparegut i jo em vaig fixar en quatre presoners que havien presenciat l'escena, i vaig gravar els seus rostres i els seus números a la meva memòria.

Minuts després el tinent Archspiegel, que substituïa accidentalment el capità Bachmayer, es passejava per davant nostre, mentre els gossos del camp es removien inquiets i esperaven l'ordre de llençar-se damunt nostre i fer-nos miques.

Feia fresca, però juro per Deu que mai no he suat tant com en aquells instants. Pensava que, d'un moment a l'altre, les cames no em sostindrien i cauria ben rodó.

—Què ha passat? —va preguntar el tinent Archspiegel amb una rialla divertida i els punys als ronyons.

Era un personatge sinistre que se sentia l'amo del camp, quan no hi era Bachmayer, i que li agradava tractar-nos com a nens entremaliats, per després aplicar un càstig exemplar.

Natz anava a respondre, però em vaig avançar, perquè allà m'ho jugava tot.

—Més que explicar-lo nosaltres, potser seria millor escoltar el relat de qui ho ha presenciat.

Allò li va agradar, a Archspiegel. Era com un judici, i ell en seria el jutge. «Una bona diversió», devia pensar. Sí, anava amb el seu tarannà de mestre d'escola.

—És raonable —va somriure, amb aquelles dents blanques i els ulls de l'home que es pensa que domina el món. Li vaig proporcionar els números que guardava a la memòria, i ell ordenà—: Porteu-los!

Poc després quatre famèlics presoners es van plantar al nostre costat. Tremolaven de cap a peus i mantenien el cap cot.

—Què ha passat? —preguntà de nou Archspiegel, però ningú no gosava obrir la boca—. Tu —va senyalar un dels presoners.

—No ho sé, *Oberstumführer* Archspiegel. No he vist res. Només he vist que ells es barallaven —respongué l'interpel·lat.

—I per què es barallaven?

—No ho sé, *Oberstumführer* Archspiegel.

—Tu! —es dirigí al segon presoner.

—No he vist res, *Oberstumführer* Archspiegel.

I així van anar responent l'un darrere l'altre. Archspiegel es plantà davant meu i em mirà somrient. Em vaig veure mort.

En aquell instant va aparèixer el caporal Hassestein. No! El sergent Rudi Hassestein, perquè havia canviat els galons.

Vaig mirar de cua d'ull els quatre presoners, que no volien donar-me un cop de mà. I això que a un d'ells li havia fet algun favor.

—Bé! Tens alguna cosa més per afegir? —em va preguntar Archspiegel, gairebé a un pam del meu nas.

—Ell estava donant pel cul a un presoner, *Oberstumführer* Archspiegel —vaig acusar.

—És mentida, *Oberstumführer* Archspiegel! —cridà Natz.

—Número? —demanà Archspiegel.

—No el sé, *Oberstumführer* Archspiegel, però puc dir que era brut i jueu. Per això l'he colpejat.

—Mentida! No era jueu —negà Natz, i llavors s'adonà del seu error. En dir que no era jueu, acabava de confessar que l'acció havia existit.

Archspiegel es va tombar cap a ell i el mirà amb ràbia, amb la mirada del mestre que acaba de descobrir el culpable de la malifeta.

—Ell me'l disputava —va dir Natz amb veu tremolosa.

—No hi ha res més formós que una dona pura i ària, *Oberstumführer* Archspiegel —em vaig posar ferm i amb la mirada al front.

Hassestein es va atansar al tinent Archspiegel, se'l va endur unes passes més enllà i li va parlar a cau d'orella.

De sobte, Archspiegel va mirar Natz, s'atansà i el colpejà amb el bastó, fins apartar-lo de nosaltres. Llavors, va fer un senyal als SS que aguantaven els gossos, que cada cop estaven més excitats, i els alliberaren de les corretges.

En ben pocs segons l'aire s'omplí de crits esgarrifosos, de brams i, finalment, de silenci. Quan van enretirar els gossos, amb els ullals que regalimaven sang, no podíem reconèixer el cos de Natz. Estava completament estripat, amb les carns que li penjaven i un bon nombre d'ossos trinxats.

Archspiegel va pegar els quatre presoners que havia ordenat portar i els va engegar. A mi no em va tocar.

—Busqueu el marieta i claveu-li un bon pal al cul. El vull enmig del pati, ben clavat, que els peus no toquin el terra, ben alt, perquè el pugui veure tothom —va dir, i va marxar.

Hassestein es va aturar un instant al meu costat.

—Vas aprenent. Si ara ets intel·ligent, ja tens un peu fora —mormolà, i també marxà.

10.- EL PREU DE LA LLIBERTAT

Passat l'estiu de 1942, després d'haver sobreviscut durant gairebé un any al camp de Mauthausen, ja era un veterà. La norma era clara i me l'havien repetida mil vegades.

—Si aconsegueixes sobreviure el tres primers mesos, tens moltes probabilitats de sobreviure els tres següents —m'havia dit Miquel en diverses ocasions, quan jo pensava que ja no podria aguantar més—. I si sobrevius nou mesos, tens moltes probabilitats de sortir d'aquí.

Ell, per desgràcia, no va complir la norma, malgrat que feia més temps que hi era i havia estat capaç de trampejar perills molt superiors, però la mort l'havia atrapat. No coneixia el seu cognom ni si tenia família ni res de res. Només sé que era un bon home, que havia nascut en un lloc anomenat Catalunya, a les muntanyes dels Pirineus. No em va dir ni el nom del seu poble. Gràcies a ell jo sóc viu. Tanmateix, la seva mort va significar la meva gran soledat. Seguia dirigint el meu grup de debat i l'animava tot vomitant les consignes que rebia dels instructors polítics. Màximes i més màximes que jo havia de repetir com un lloro. Ara el meu passat d'immigrant havia desaparegut. Tenia una nova identitat, un nou nom i havia perdut un passat, per guanyar una nacionalitat. Ja era austríac. No sabia com s'ho havia manegat Rudi Hassestein, però dins de totes les llistes el nom de Günter Psarris apareixia ratllat amb vermell. Günter havia mort als ulls de tothom i a mesura que passava el temps, quedava més enterrat.

Vaig passar de controlar la sabateria a fer-me càrrec de les llistes. Eren immenses, amb números i més números al costat dels noms. Els veia arribar i desaparèixer engolits per la pedrera. Cada dia n'esborrava un bon plec, sobretot jueus, que eren eliminats amb una rapidesa esparveradora. Només eren números. I, posats a dir, em sembla que per a aquells animals no érem ni números, sinó una mena de cosa que havia de carregar un nombre determinat de pedres i després desaparèixer, quan les seves forces ja no donaven per més.

Jo no em podia queixar, perquè m'alimentaven millor i em tractaven bé, si és que aquest qualificatiu es pot aplicar a un lloc com aquell.

Periòdicament venien uns metges i uns oficials. Llavors cridaven els que seguíem els ensenyaments, ens feien passar una revisió i ens cosien a preguntes. Vaig aprendre a respondre-les totes, em vaig aprendre de memòria tot el que ells volien escoltar i a comportar-me com un home que ha canviat i que sent devoció pels seus carcellers i per un règim que em feia venir basques.

Cada dia estava més aïllat, cada dia m'allunyava més de la gent del camp de treball, fins al punt que gairebé no pensava en ells, sinó en la possibilitat de sortir d'allà i anar a buscar la meva estimada Ilse. On seria?, em demanava. I cada dia, sense que en faltés cap ni un, repetia, en llevar-me, guimu, guimu, guimu. *Gott its mit uns.* Déu és amb nosaltres. «De debò existeix Deu?», era la pregunta que calia fer-se, perquè em resultava impossible imaginar-me que Ell fos capaç de consentir tots aquells actes. «Si més no, existeix l'esperança», n'era la conclusió. I si no perds l'esperança, significa que encara ets viu.

I així van transcórrer uns mesos fins un dia que van tornar els metges i els oficials. Aquell matí vaig entrar al despatx que ja coneixia i, per primer cop, em van fer seure. Era un canvi que es podia qualificar d'espectacular. Mai cap presoner, sota cap circumstància no es podia asseure davant d'un SS. O estaves dret o estaves rebregat per terra, sent apallissat.

Em van fer preguntes que ja coneixia i les vaig respondre de la mateixa manera de sempre. Em sembla que ja ho feia mecànicament, sense pensar-hi, com un lloro, de la mateixa manera que responia les preguntes del meu grup d'animació.

En acabar, un dels oficials, un capità, que havia romàs callat i m'havia estat observant amb molta cura durant tota l'estona, va prendre la paraula.

—Si sortissis d'aquí, on aniries? —em demanà.

Aquell era el primer cop que posaven un condicional i que aquest condicional obria una porta a l'esperança, perquè allà dins ningú no parlava de fora. Era un tema prohibit. El món exterior havia deixat d'existir des del mateix instant que havies creuat la porta, i aquelles bèsties t'ho recordaven a cada moment.

Vaig copsar immediatament que de la meva resposta depenia el meu futur i que no podia equivocar-me. El meu primer pensament va ser per a Ilse, i vaig estar a punt de vessar-la. Günter havia mort, m'havia dit Rudi Hassestein. I si Günter havia mort, Ilse no existia, ni res del meu passat, ni Laura ni Hans ni els seus fills. Llavors, què existia? Res, la buidor absoluta. Quina era la resposta correcta, doncs?

—M'allistaria a les SS, Herr capità —vaig respondre, i em vaig posar dempeus i ferm.

—Retira't —va fer, i va prendre nota de les meves paraules.

«M'hauré equivocat?», em demanava quan sortia. Potser havia anat massa lluny, perquè aquell capità no va dir res ni el seu rostre va expressar cap emoció ni cap sentiment, sinó que va seguir igual que havia estat durant tota l'entrevista.

*** ***

Unes setmanes després va arribar un nou carregament de presoners i els van separar, com ja era costum, en jueus i no jueus. Una bona colla dels primers van ser introduïts al búnquer, nom amb el qual es coneixia la presó inferior, que albergava el soterrani amb les sales de tortura, les cambres de vivisecció i els forns crematoris. Qui hi entrava, ja no en sortia. Aquesta era la norma.

Jo passava llista, mentre al meu costat un altre kapo recollia les joies i les pertinences d'aquells desgraciats, escrivia el nom als sacs de paper, els tancava i els llençava a la pila. Els primers dies que ho vaig fer, pensava en aquells pobres desgraciats i sentia pena per ells. Ara, ja no sentia res de res. Escrivia el nom i ni me'ls mirava. Per què? Per què els havia de mirar? D'aquí poc serien una altra despulla o... un cadàver. Els que encara seguien tenint sentiments eren els que estaven organitzats. Però jo no pertanyia a cap grup i estava sol. I la soledat ho mata tot. De manera que sabia quina era la destinació d'aquella roba, que seria classificada i enviada a l'exterior per ser emprada per algú, i escoltava mecànicament les paraules del meu company, quan els mentia i els deia que tots aquells efectes els serien retornats quan sortissin d'allà.

Qui aconseguiria sortir d'allà?, em demanava. Feia dies i dies que la meva esperança s'esvaïa. Havia cregut que podia abandonar l'infern, després de l'entrevista amb els metges, però els dies passaven i res no canviava. Res... excepte la meva esperança, que ja començava a esmorteir-se lentament. Crec que havia entrat en un estat depressiu i veia clar que no ho podria suportar gaire més temps. Fins i tot, un matí, pocs dies enrere, havia contemplat l'empara electrificada i vaig ser a punt de caminar cap a ella i abraçar-la com si m'arrapés a la meva llibertat. Només desitjava assolir la pau. La pau eterna.

De sobte un soldat em va venir a buscar, va ordenar que em substituïssin i em va conduir fins al soterrani.

Jo mai no hi havia estat, però tothom sabia que era allà on es feien els experiments, on mataven presoners amb injeccions de benzina al pit, on els escorxaven per estudiar-los, on tenien lloc les més grans atrocitats per bé de la ciència mèdica, tal com deien aquells animals infectes.

Vaig entrar-hi i vaig notar que les cames em feien figa. «Hauran descobert el meu engany?», no parava de demanar-me. «S'hauran adonat que no hi crec, en cap de les seves mentides?» I vaig seguir tremolant fins arribar a presència del tinent Archspiegel, que estava acompanyat pel sergent Rudi Hassestein.

—Segons l'informe que hem rebut, sembla que creus en les nostres veritats —em va dir aquell tinent—. I en vist del teu comportament, podria ser cert.

—*Jawohl, Oberstumführer* Archspiegel —vaig respondre, emprant un títol que només se li podia atorgar quan Bachmayer era fora, però que a ell li agradava.

—Doncs, ara comprovarem si de debò no ens diu mentida —somrigué, i va fer un senyal al soldat que s'estava a la porta de la cambra.

El soldat va sortir i tornà poca estona després. L'acompanyava un home d'uns cinquanta anys, menut, tímid i amb cara d'espantat, que es va quedar plantat enmig de la sala.

—Observem amb quina admirable precisió el nostre *Reichsführer* Himmler ha descrit el prototip de l'escòria jueva —va fer Archspiegel.

A partir d'aquí va encetar un notable discurs i va fer esment de tot un seguit de detalls físics i de característiques que coincidien amb les del pobre home que ens mirava amb cara de por. Archspiegel s'hi va abonar i ens va obsequiar amb una classe magistral. En acabar, sentencià:

—No hi ha el més mínim dubte que ens trobem en presència d'un gran exemplar d'aquesta raça —I tot ho deia com si tinguéssim al davant un animal, i no pas un ésser humà.

Es va quedar callat una estona i em va mirar. Jo no vaig fer cap gest, ni positiu ni negatiu. Poc que m'imaginava per on em podia sortir. Per això m'havia quedat ferm, com si fos un soldat. Llavors, Archspiegel va desbotonar la seva cartutxera i va treure una Luger P.08, que va acaronar amb vertader plaer.

Finalment va estendre la mà i me la va oferir.

Em vaig quedar glaçat. Vaig mirar Hassestein i vaig posar cara de no entendre-hi res, tal com era en aquell instant.

—Agafa-la —m'ordenà Archspiegel amb el seu somriure de hiena.

—Però... —encara vaig dubtar.

—Agafa-la —repetí, apuntalant cada síl·laba.

Vaig allargar la mà i vaig prendre l'arma. Sabia allò que m'anava a demanar en breus instants i no volia ni pensar-hi. Vaig respirar fondo per tal que la mà no em tremolés.

—Endavant, acaba amb aquest *kike* —em va dir, que és així com anomenaven els que qualificaven de porcs jueus, éssers pertanyents a una raça maleïda.

Em vaig quedar mirant l'arma. Allò era un assassinat a sang freda!, em vaig esgarrifar i la sang se'm va glaçar a les venes, mentre el cor se'm desbocava.

Durant breus instants van desfilar davant meu totes les imatges de totes les barbaritats que havia viscut i presenciat dins del camp. Les pallisses, les tortures, els abusos, els crims, les arbitrarietats, les traïcions, els robatoris... I ara descobria que aquells monstres eren capaços d'induir al crim més baix. Aquell era el preu de la meva llibertat. Si em negava era home mort i si acceptava esdevindria un assassí per la resta de la meva existència i per tota l'eternitat. Déu meu! Fins on som capaços d'arribar?

Per un moment vaig tenir un pensament increïble. Podia apuntar a Archspiegel, disparar i després matarme jo. Però no ho vaig fer. Per què? Per por. No hi ha cap més explicació. Feia poc havia desitjat morir i ara m'horroritzava la idea. No creia en res. Deu no existia! I la mort era la fi de tot, el no-res, la buidor absoluta. No volia morir! I això que la mort havia caminat al meu costat durant més d'un any.

Vaig mirar aquell home. No pas als ulls, perquè no gosava enfrontar-me a unes ninetes que m'omplirien de preguntes que jo hauria de respondre, encara que fos sense paraules. No, no el vaig mirar, sinó que vaig contemplar aquell cos petit i escanyolit i em vaig demanar què era el que l'esperava. La mort més horrible, sens dubte, perquè no sortiria viu d'aquell soterrani. Va ser en aquell moment que em vaig enganyar i vaig buscar una justificació per a l'acte que m'havien proposat. Jo el podia matar d'una forma ràpida i sense gaire patiment. No volia ni pensar que ho feia per poder sortir d'allà. No, evidentment. M'ho vaig plantejar com si encara li fes un favor, a aquell pobre diable. La covardia és immensa i és capaç de cercar excuses per a tot, de justificar qualsevol acte.

Vaig aixecar el braç amb decisió, vaig apuntar al cap, sense pensar-ho dos cops, i vaig prémer el gallet. Em sembla que, en el darrer moment, quan el meu dit es movia, vaig tancar els ulls. No volia veure com queia, com el seu cervell quedava enganxat a la paret, malgrat que tenia dins del meu cap la imatge del pobre Miquel.

Vam escoltar el soroll del percussor que xocava contra la beina, però no vaig sentir l'explosió de la pólvora. Vaig obrir els ulls de patac i vaig descobrir que aquell home seguia dempeus i que em seguia mirant espantat. S'havia quedat blanc. I jo suava i tremolava.

Enlloc de tot això vaig escoltar els aplaudiments d'Archspiegel. Els aplaudiments i les riallades, fins al punt que li saltaven les llàgrimes, mentre feia broma sobre la cara d'espantat d'aquell desgraciat.

—Molt bé! —va fer, i em va mirar somrient—. Molt bé! —repetí, sense deixar d'aplaudir.

De sobte es va fer el silenci i el tinent es va quedar plantat davant meu, entre aquell home i jo. Ara no reia, sinó que em mirava com l'oficial ho fa amb un soldat, a punt de donar-li una nova ordre.

—Però, massa senzill —va deixar anar una nova petita riallada, de sàdic.

Es va tombar cap al jueu, amb les mans als ronyons, i se'l va mirar de dalt a baix. Llavors el va ensumar.

—Quina pudor! —va fer—. Aquest malparit s'ha cagat! Acaba amb ell d'una vegada. No puc suportar aquesta flaire —i es va apartar.

Vaig mirar de nou l'arma, després vaig mirar Hassestein i, finalment, el tinent Archspiegel. Vaig muntar l'arma, però només va escopir una beina buida.

—No puc —vaig fer—. No hi ha munició a l'arma.

Archspiegel va riure divertit. Hassestein també.

—Això no és cap problema per a un home que vol ingressar a les glorioses files de les SS —em va dir, alçant les celles i dedicant-me el millor dels seus somriures—. Perquè és això el que vas dir que faries, si sorties d'aquí.

Un calfred va recórrer tota la meva esquena, de dalt a baix. Allò era un malson impossible d'imaginar. Un tracte horrorós. Allò era tant com vendre la meva ànima al diable. Llibertat a canvi de mort!

Vaig ser a punt de negar-m'hi, però vaig sentir una por horrible a morir, a no tornar a veure mai més Ilse.

Aquest home ja està condemnat, no parava de repetir-me. Que sigui jo o un altre, qui executi la sentència, tant se val. I mirava l'arma que duia a la mà. Necessitava temps, trobar noves raons i noves excuses. I per fi vaig trobar-ne la bona.

Jo ja havia mort aquell home, si havia de ser sincer. L'havia mort en el mateix instant de prémer el gallet. Ara, només representava una repetició del meu acte, perquè jo ja estava condemnat per tota l'eternitat. Així m'ho havien ensenyat de petit, a l'església que hi havia a prop de casa, on hi assistia per preparar-me per rebre la primera comunió. Ningú podria esborrar que havia disparat contra aquell home i que havia desitjat matar-lo per aconseguir la meva llibertat. El crim, doncs, ja existia.

I després de tots aquests raonaments, que no sé el temps que van durar, vaig agafar la Luger pel canó i em vaig dirigir cap a la meva víctima.

11.- BLANC I VERMELL

Ja era un SS, ni més ni menys que allò que més odiava, i duia a la consciència l'empremta d'un crim. Ja era com ells. M'havien donat un uniforme i jo m'havia mirat la divisa que duia escrita al cinturó. *Gott its mit uns*. Déu és amb nosaltres. "G.I.M.U.". El meu guimu particular.

La nit abans d'abandonar el camp de Mauthausen, Rudi Hassestein em va venir a veure amb una ampolla de *slibowitz* a la mà. Ho havíem de celebrar i gairebé la vam buidar. Ell estava content. El seu protegit havia superat totes les proves i per a ell representava un èxit que els seus superiors premiarien.

Jo també necessitava beure, però fins a perdre els sentits, i per una altra raó.

—Per què has fet tot això per mi? —li vaig preguntar, quan la quantitat d'alcohol que havíem ingerit era suficient per deixar anar la llengua.

—El dia que ens vam conèixer em vas ofendre. Et veies tan segur de tu mateix i dubtaves tant de les meves idees que quan et vaig veure entrar aquí, vaig pensar que havia de demostrar-te que jo tenia raó. Ara, ja ets com jo —va riure.

—Ho has fet per odi? —em vaig quedar bocabadat.

—No! —va negar amb força—. Ho he fet per gratitud. No tan sols em vas salvar la vida, sinó que la vas canviar —m'explicà amb veu pastosa, i rigué de nou, divertit—. L'endemà de la nostra aventura al cafè de Viena, seguia pensant que la Gestapo no persegueix un vulgar lladre i se'm va ocórrer examinar amb molta cura els papers que hi havia dins de la cartera que acabava de robar —no parava de riure per causa de la beguda i va aixecar el dit índex, tot i què li costava mantenir-lo ferm davant del nas—. Veuràs: aquella cartera contenia un tresor, si sabia emprar-la adientment. De manera que em vaig presentar a les dependències de la Gestapo i vaig dir que volia parlar amb algú important. Em vaig inventar una història sobre que l'havia trobada al carrer, tot just després de deixar al capità Hans Teschler de les SS. Va ser genial, perquè en escoltar el nom del teu cunyat, les portes se'm van obrir de bat a bat. A més, aquells documents contenien informació sobre la resistència txecoslovaca i una llista de noms alemanys oposats a la política de Hitler. Fins i tot vaig trobar un conegut: el psiquiatre de Frankfurt —deixà anar una riallada ben forta—. El recordo tan tibat i posat que m'hauria agradat haver-lo vist quan el van detenir —va brindar, va esclafir de riure, i va continuar parlant—. Vaig estar col·laborant uns dies amb ells, portant-los fins on suposadament havia trobat l'agenda i inventant-me històries que a ells els agradava escoltar. Em vaig inventar visites sospitoses a la consulta de Frankfurt i quan em van dir que ja feia dies que anaven darrere d'aquell fill de puta, vaig intentar que em donessin feina, però el meu nom constava als seus arxius. Aquell malparit psiquiatre de Frankfurt havia fet un bon treball. De manera que no em podien acceptar, però em van oferir entrar a les SS, que com hauràs vist no són tan primmirats. Sigui com sigui, el fet és que m'oferien una destinació que m'allunyava del front rus. I he vingut a petar aquí. Però el més curiós de tot és que, malgrat els meus antecedents, ningú no va investigar mai si jo coneixia de debò al teu cunyat. No és increïble? T'ho imagines? Se'ls va escapar aquest detall. Em faig creus perquè després de pronunciar el nom de Hans Teschler em vaig penedir immediatament i vaig pensar que l'havia cagat. Però, ja veus, és la sort de l'agosarat —va prendre un altre got de *slibowitz*—. Tu em vas salvar i em vas canviar la vida i, si recordes, et vaig dir que sóc lladre, però sé com tornar un favor. Ara jo t'he salvat i t'he canviat la vida. Ets lliure de fer el que vulguis i estem en pau. El destí és ben imprevisible. Oi que sí?

—L'única cosa que vull és trobar la meva esposa.

—Per què? —em mirà divertit—. Pots buscar-te'n una altra. Ets un home nou.

—La vull a ella.

—Doncs tampoc és cap problema. Busca-la.

—I quan la trobi, què faig? Oficialment Günter Psarris és mort.

—I què? Millor! Ludwig Jurgens era vidu. T'ho puc ben assegurar, perquè va ser ell mateix, que va matar la seva esposa. Va descobrir que l'enganyava, va agafar una destral i li va obrir el cap. Després va anar a buscar l'amant i el va obrir en canal. El germà de l'infortunat també hi era present, es va ficar pel mig i Jurgens li va arrencar el fetge. I no parlo figuradament, sinó que va ser tal com t'ho dic. Va prendre un ganivet, li va obrir els budells i li va arrencar les vísceres. Era un psicòpata. De manera que amb la seva mort el món ha sortit guanyant. Quan trobis la teva esposa, casa't amb ella. Serà un amor a primera vista i una boda entre dos vidus. Ningú no farà preguntes —em va fer un cop a l'esquena i afegí—: T'espera una nova vida.

Dit d'aquella manera, fins i tot sonava bé.

—Si sóc un psicòpata, per què han acceptat la meva rehabilitació? —li vaig demanar.

—No han acceptat la teva rehabilitació, sinó que el teu encert va ser dir que volies entrar a les SS. Aquí necessiten gent com tu... —guardà un petit silenci, i afegí—. Com Ludwig Jurgens, millor dit. Ja et vaig explicar que l'home actua en funció de les circumstàncies. Segueix el meu consell, viu el present i oblida la resta. Ja em veus a mi. Sóc jo, qui ha creat tot això? Sóc jo, qui ha declarat la guerra? No, evidentment. I què haig de fer? Enfrontar-me al poder i morir? No sóc idiota. Si ets intel·ligent sempre seràs al costat del vencedor.

—Si Alemanya perd la guerra, què passarà?

—Res. Els morts no parlen. Creus que algú sortirà viu d'aquí? —em va preguntar, i negà amb el cap—. No, ningú. Ja veus com moren. I abans que arribin els aliats, haurem acabat amb tots ells. Si Alemanya perd la guerra, les circumstàncies hauran canviat i nosaltres també ho haurem de fer.

—No sents respecte per la vida? —em vaig esgarrifar, després d'escoltar i sentir la fredor amb què parlava.

—I tu? Què senties quan li obries el cap a aquell jueu? —em mirà—. El primer cop que mates se't regiren els budells, si ho has hagut de fer en les teves condicions. Però matar és senzill. Molt més d'allò que ens imaginem. Ja ho has pogut comprovar. Ell és mort i tu segueixes viu. O ell o tu. I què queda? Només queda una petita empremta dins del nostre cervell.

—Una taca. Una immensa taca —vaig respondre—. La taca de la consciència que em tortura.

—Consciència...? —va fer sorprès—. Els soldats no en tenim. Obeïm ordres i ja està. És la societat que hem rebut de mans dels nostres avantpassats. Nosaltres no som responsables de res. Cada dia mor gent i en neix de nova. En el regne animal passa igual i ningú no s'esgarrifa. Nosaltres ens esgarrifem per culpa del pecat original. Te'n recordes? El bé i el mal.

—Al regne animal no es maten els que són de la mateixa espècie. Això ens diferencia d'ells —vaig replicar.

—D'on treus això? Què passa amb la Mantis Religiosa? Mata el mascle després d'aparellar-se —va callar un instant i va negar amb forts cops de cap—. No em surtis amb històries. Som animals i res més. L'ànima no existeix i les lleis de la natura són precises i exactes. Com deia Darwin, no sobreviu ni el més fort ni el més intel·ligent, sinó aquell que millor s'adapta.

L'endemà, a primera hora, vaig creuar les portes de Mauthausen pel meu propi peu en un darrer homenatge a Miquel, que no podria caminar al meu costat. Després vaig tornar enrere, vaig pujar al camió i les portes de Mauthausen es tancaren de nou darrere meu. Només que ara, jo era fora. En el precís instant que el camió arrencava em vaig ficar la mà a la butxaca i vaig treure la fotografia que Rudi m'havia regalat. Al darrere hi figurava la dedicatòria: per al meu amic i company Ludwig Jurgens. Vaig estar a punt de esparracar-la, però en el darrer moment no ho vaig fer i me la vaig guardar. Ella seria el record perpetu de la meva estada en aquell infern i l'estigma etern que duria a la consciència durant tota la resta dels meus dies. Algun dia tornaria allà amb Ilse agafada del meu braç i li explicaria tot el que Miquel havia fet per mi. Així ho vaig jurar.

Tres setmanes més tard, després d'haver rebut instrucció en un camp militar d'on no podia escapar, em van ficar en tren amb un contingent de soldats i em van enviar a Rússia.

La recerca d'Ilse hauria d'esperar, però, si més no, ja era fora i tenia una possibilitat.

*** ***

No vaig trigar gaire a descobrir les vertaderes raons de la meva alliberació. Només arribar a Rússia ens van carregar en camions i ens van traslladar al front. Faltaven homes. Per això l'exèrcit alemany ja no feia distincions. Allà podia trobar romanesos, italians, hongaresos i espanyols al costat dels alemanys. Tot aquell que fos capaç de sostenir un fusell era bo.

Les temperatures van començar a baixar amb rapidesa i Hitler, i tots els que hi érem, vam descobrir que el front rus era massa ample com per poder mantenir unes línies d'aprovisionament en condicions. Els russos atacaven la rereguarda constantment i destruïen els trens de subministrament. Tot i així, les ordres d'aquell foll seguien sent atacar i atacar. Stalingrad representava un punt estratègic de gran importància, vital si es volia conquerir tota Rússia.

Vam lluitar pam a pam pels carrers d'aquella ciutat, però els russos semblaven no tenir fi. I arribat el novembre de 1942 van desplaçar la meva unitat cap al sud, cap a la ciutat de Tula.

Em sembla que vam ser els únics que vam escapar del desastre, perquè poc després ens assabentàvem que Stalingrad havia quedat aïllada. Dos-cents cinquanta mil homes en un sac. Això és el que va passar quan l'exèrcit rus va ocupar Kalach, a l'oest i va tancar el cercle que els envoltava. Dos-cents cinquanta mil homes que estaven condemnats a mort, perquè els avions de la Luftwaffe no arribaven amb la freqüència que Goering havia promès i els aliments disminuïen dia rere dia.

Va haver un cert instant que només rebien un tros de pa al dia. Aquests eren els rumors que corrien per tota Rússia. Jo contemplava els meus companys i els veia desmoralitzats, malgrat que ells no sabien què era sobreviure a la mort en les condicions més extremes, mentre que jo duia al damunt un entrenament de mes d'un any.

Havia vist una sola vegada el general Von Paulus, a mitjans d'octubre, i de lluny. Els rumors apuntaven que volia rendir-se. Els russos cada cop eren més a prop, fins al punt que l'exèrcit alemany no podia gairebé ni bellugar-se. Cap a finals d'aquell mes, els rumors eren més insistents i la moral de la tropa estava per terra. El gloriós III Reich estava a punt de patir la major i pitjor de totes les desfetes de la seva història i aquells homes que s'havien passejat victoriosos per tota Europa coneixerien el mal gust de la derrota, perquè no hi havia sortida possible. Deien, fins i tot, que cada nit se sentien trets a les files alemanyes. Eren els que se suïcidaven, perquè ja no ho podien suportar més.

—Deu ser horrorós —em va dir un noi jove, una nit, a les trinxeres.

Havíem lluitat l'un al costat de l'altre i no en sabia ni el seu nom. Feia cara d'espantat i encara no s'afaitava.

—Com et dius? —li vaig preguntar.

—Walter Bauss —em va respondre.

—Quan anys tens?

—Disset.

—Disset? —vaig preguntar, incrèdul—. Però, si ets una criatura! Què hi fas aquí?

—Pagar pels crims del meu pare —va fer, mentre s'arraulia i tremolava lleugerament. El pobre necessitava parlar, abocar-ho tot, i després del que havíem passat semblava que m'havia agafat afecte. No vaig haver de seguir preguntant, perquè ell començà a parlar—. El meu pare es deia Joseff Bauss i era psiquiatre a Frankfurt.

De sobte em vaig quedar astorat. El vaig seguir escoltant en silenci, mentre el meu cervell treballava a marxes forçades. Joseff Bauss, havia dit aquell jove. Joseff Bauss! El mateix nom que Herbert i Kurt havien pronunciat a les dependències de la Gestapo a Viena, quan em torturaven. I en un esclat de llum vaig veure-hi tantes coses... Tantes!

Rudi m'havia dit que gràcies a ell la meva vida havia canviat. Tanmateix, poc que s'imaginava fins a quin punt! Perquè la llista d'alemanys que ell va trobar a la cartera que havia robat i que va lliurar a la Gestapo, contenia el nom de Joseff Bauss, el famós psiquiatre per a qui havia treballat. I a partir d'aquí van detenir el meu sogre, i després a Ilse i a mi. Tot lligava. I tant que sí! Tanmateix no ho havia vist abans. Com ho podia saber? Perquè el dia que vaig parlar amb Rudi estàvem massa borratxos i ell en cap moment va pronunciar aquest nom. Per a ell era aquell malparit o aquell fill de puta del psiquiatre de Frankfurt. Però, ara, aquell jove m'ho abocava i a cada paraula la realitat s'alçava davant meu més crua i més cruel.

Com és possible que la vida esdevingui un horror tan gran? Perquè el mateix home que, sense saber-ho, m'havia condemnat, també m'havia salvat la vida. Ja ho podia ben dir, que me l'havia canviada. En tots els aspectes!

Em vaig quedar mut i amb els ulls com a taronges. Aquell jove em va mirar. Potser esperava alguna frase d'alè, però jo m'havia quedat sense paraules. Déu meu! Déu meu...

Som nosaltres que dominem la nostra vida o és la vida que ens domina i ens fa ballar com titelles? Després d'haver viscut totes aquestes experiències, se'm fa difícil contestar. I tant que sí!

Walter va caure dos dies després. El van caçar com a un conill i el van cosir a trets. Va morir tan innocent com havia nascut i com havia viscut. Atemorit, verge, víctima de les circumstàncies i, com molts de nosaltres, sense ni tan sols saber com hi havia arribat. Pobre noi!

*** ***

Els russos no tan sols atacaven Stalingrad, sinó que baixaven cap al sud, avançaven lentament i ens ofegaven. El dia 28 de desembre de 1942 em trobava amb cinc homes més. Ni els coneixia, perquè tots els meus companys havien mort i jo m'havia afegit a un grup que havia anat disminuint fins quedar reduït a cinc desgraciats. Ens trobàvem amagats en un poble, del qual no recordo ni el nom, perquè havia estat completament esborrat. De sobte va aparèixer un tanc rus i ens va descobrir. Ens vam refugiar a les runes d'una casa. El tanc va avançar cap a la casa. Dos dels meus companys van intentar sortir corrents i els van metrallar. Un tercer va aixecar les mans i es va rendir. L'altre el va imitar i ambdós van caminar cap el tanc. Jo em vaig quedar amagat.

Feia un fred horrible i tot estava cobert de neu. Quan van ser a prop del tanc, van aparèixer cinc soldats soviètics i els van desarmar. Després els van fer estirar a la neu. Jo contemplava l'escena des del meu amagatall. Els soldats russos van dir alguna cosa que no vaig entendre. Llavors el tanc es va posar en moviment i els meus companys, els que s'havien rendit, van descobrir massa tard les intencions dels enemics i, quan van intentar aixecar-se, els seus cossos van esclatar com si fossin magranes sota les cadenes d'aquell monstre de ferro.

Em vaig quedar quiet i en silenci. Miraculosament no es van adonar de la meva presència i, curiosament, no m'havia espantat ni m'havia horroritzat davant d'aquella salvatjada, perquè feia tant de temps que els meus ulls estaven habituats a la contemplació de la mort que uns quants cadàvers més ni m'alteraven.

En aquell lloc només hi havia dos colors: el blanc de la neu i el vermell de la sang.

Tres dies després el general Von Paulus, nomenat mariscal, es rendia. Aquestes van ser les notícies que els nostres superiors miraven d'amagar-nos, però que els rumors escampaven per tota Rússia. Gairebé cent mil soldats van caure presoners, i vint-i-quatre generals. Una bona colla dels ferits moriren. Allò eren les restes del gloriós exèrcit alemany, de la força invencible que havia de dominar el món.

Algú ens va dir que l'espectacle que oferien les nostres tropes, desarmades i vençudes, tota una immensa filera d'homes que caminaven amb pas lent, era vertaderament penós. Arrossegaven amb ells moltes lliteres amb cossos incomplets, on ens trobaven a faltar braços i cames.

Jo escoltava aquelles històries i pensava en Ilse. Déu meu! Mai no s'acabarà l'infern? Un infern enmig de la neu. El mateix que vaig viure a Mauthausen, on les glaçades no impedien que el foc de les tenebres ens cremés a tots plegats i que a mi em feien dubtar sobre si el diable s'ha de pintar al costat d'una foguera o trepitjant un immens mantell blanc tacat de sang pertot arreu.

*** ***

Durant tres mesos vam deambular per aquelles contrades. Primer lluitant contra els russos, després perseguits pel seu exèrcit i fugint del foc de la seva artilleria. Ens havien dividit i ens traslladaven d'un costat a l'altre per tapar forats, perquè nosaltres érem carn de canó, les primeres línies. I ho havíem de fer a peu, perquè ja començàvem a patir restriccions de combustible i el nostre exèrcit l'havia de menester per preparar la contraofensiva que tothom esmentava, però que no acabava de fer-se realitat.

Molts dels meus companys havien mort per causa del fred. Les nostres botes, durant aquell hivern, havien acabat malmeses i trencades i ens havíem hagut de protegir amb tot el que podíem. Els subministraments no arribaven i va ser un hivern llarg i difícil, interminable. Finalment va aparèixer la primavera i vaig aconseguir botes noves i uniforme nou.

La guerra, tal com havia dit Hitler, al mes de febrer, era total i jo estava fart de tot, esgotat. No ens rellevaven ni ens deixaven descansar i ja no pensava en res que no fos sobreviure, en córrer com un conill i amagar-me al cau. Totes les estones que no lluitàvem me les passava assegut o estirat. Llavors em venia la imatge d'Ilse i tenia la sensació que ja feia un segle que ens havíem separat. Aviat faria dos anys. Dos anys eterns!

Allà les notícies també ens arribaven racionades, per tal que no perdéssim la moral, però els rumors apuntaven que els alemanys havien perdut l'Àfrica al mes de maig, notícia que se'ns va confirmar pocs dies després. Semblava com si Stalingrad s'hagués erigit en l'inici de la caiguda i que la guerra havia fet un gir important, malgrat que els nostres oficials no paraven de repetir que allò era una tàctica ben mesurada i que se'n preparava una de grossa que acabaria amb tot l'exèrcit soviètic. Hitler era deu! I els deus mai no s'equivoquen.

Un dia, a començaments del mes de juny, ens van ordenar dirigir-nos cap al sud. Ningú no podia enganyar-nos, perquè no fèiem altra cosa que retrocedir lentament. A nosaltres ens havia tocat el penós paper de protegir els que fugien més de presa. Sempre a primera línia. O millor dit, a l'última línia, perquè quan fuges el darrer és el primer, i el primer esdevé l'últim. Dormíem quan podíem, i per torns, amb el soroll eixordador de les bombes que esclataven al nostre voltant. Els russos sabien molt bé el que feien. Per contra, jo no sabia ni on era. Només podia constatar que havia caminat molt, erràtic, sense un nord. De vegades, fins i tot, ens pensàvem que havíem creuat les línies enemigues i que els teníem darrere i davant. El desconcert de la meva unitat era absolut i total.

Tanmateix, ara feia bon temps, i era d'agrair, perquè durant els mesos freds, a començaments d'any, quan també retrocedíem i ens dirigíem a Tula, recordo que caminàvem en fila índia i quan un de nosaltres queia, l'havíem d'aixecar i arrossegar, perquè tot el que es quedava enrere era home mort. En el meu grup érem una bona colla. Caminàvem amb les mans sota els braços, plegant-nos sobre nosaltres mateixos per poder suportar el fred intens que, arribada la nit, era insuportable. Mauthausen, si el comparo amb les terres russes, és un lloc d'estiueig. Cap a mig matí de ja no sé quin dia, em trobava al final de la llarga fila i dos dels nostres companys, que eren al meu costat, van plegar els genolls i es van quedar sota el vent com si resessin. Tot era un immens mantell blanc. Nevava i no podies distingir el terra del cel. Un tinent es va atansar i ens va ordenar que els aixequéssim. Ho van intentar, però no responien. Va venir un capità, els va examinar i els va donar per morts. Allà els vam deixar, com si es tractés d'una escultura, de genolls, com si imploressin o si demanessin perdó. No podíem perdre temps, ens havia dit aquell capità. No perdíem el temps, pensava jo. Acabàvem de tenir dues baixes més i sense que l'enemic hagués disparat un sol tret. Potser nosaltres mateixos havíem decidit acabar la guerra pel nostre compte, morint.

Amb tots aquests records caminava sota l'escalfor del sol de finals de primavera de l'any 1943. Aviat seria l'estiu i després arribaria un nou hivern, tant o més fred que l'anterior. Quants podríem sobreviure? Anava capficat amb aquest pensament quan vaig escoltar el primer tret i vaig veure caure un dels meus companys.

Eren un grup de russos. Ens estaven esperant i van disparar contra nosaltres, amagats darrere d'uns arbres. Instants després allò esdevingué un infern. Disparàvem a tort i a dret, per instint, malgrat que el nostre tinent ens indicava cap a on ho havíem de fer.

De sobte vaig escoltar una explosió i vaig notar un cop sec, al pit, que em va fer caure d'esquenes. Tres companys havien caigut per causa de la granada. Em

211

vaig posar la mà i la vaig enretirar plena de sang. Vaig contemplar els cossos esparracats dels meus companys.

—Ilse! —vaig fer, abans de perdre de vista el món.

El blanc i el vermell s'havien acabat per a mi.

12.- VERMELL I NEGRE

El sol lluïa al firmament i els carrers de Viena continuaven tan animats com jo els recordava. L'estació seguia sent la mateixa que vaig descobrir el primer dia, quan Laura ens hi esperava, a Ilse i a mi. Havia baixat del tren. Aquest cop vaig viatjar en tercera classe. Eren altres temps. A la butxaca duia els papers que m'identificaven com Ludwig Jurgens, electricista de professió, antic membre de les SS, ferit de guerra i donat de baixa del servei.

Vaig caminar per la llarga avinguda, amb la petita maleta on guardava totes les meves exigües pertinences. Només un suèter, les mudes i camises, el necesser, uns altres pantalons i una jaqueta. Ja no hi havia res més. Anava vestit de paisà i havia comprat un abric. Ja no pertanyia a les glorioses forces del III Reich.

Vaig respirar l'aire de Viena i vaig omplir el pulmó i mig que em quedava. La metralla m'havia rebentat l'altra meitat i durant dies i dies em van bellugar com si fos un paquet, d'hospital en hospital. Estaven tots plens i, sense saber com, vaig anar a petar a Berlín. Allà em van acabar de curar. O millor dit: van intentar posar remei al desastre que havia fet un carnisser al camp de batalla, que m'havia operat i m'havia deixat un tros del ferro dintre. De manera que em van operar per segon cop i van poder salvar mig pulmó. Després d'això va venir la rehabilitació i quan ja estava a punt i podia sortir, em van comunicar que ja no era apte per al servei. Així de clar.

Dos dies més tard vaig lliurar el meu uniforme i em van donar un vestit de paisà que m'anava bé. A qui havia pertangut? Vés a saber! Tant se val! Potser era d'un presoner d'algun camp de concentració que ja no l'hauria de menester. El fet és que em van pagar els mesos endarrerits i em van concedir una pensió, que ja començaria a cobrar quan fos.

—I què puc fer ara? —li havia preguntat al caporal que em va fer signar els documents.

—T'integres de nou a la vida civil. La guerra per a tu s'ha acabat.

—I què puc fer ara? —li vaig tornar a demanar.

—El que vulguis. Busca feina. Ets electricista, oi?

—Sí —li havia dit.

—Comunica'ns la teva adreça i et pagarem la pensió.

Durant gairebé un mes vaig estar deambulant per Berlín, intentant trobar el rastre dels meus sogres. I no va ser gens fàcil. Ningú no en sabia res i jo no podia anar segons a quin lloc, perquè Günter Psarris havia mort i no podia tornar a la vida.

Desesperat, vaig decidir anar a veure Frau Reitlinger. No la vaig trobar. S'havia venut la casa i havia marxat. L'advocat Freitzhager tampoc hi era i em van informar que l'animal de Weissler havia ingressat en un sanatori, perquè havia tingut un atac de feridura. Tant de bo rebentés!, vaig pensar. I vaig abandonar aquella casa amb una adreça a la butxaca, la que m'havia proporcionat la nova propietària, on suposadament vivia la meva antiga patrona.

Podia haver anat a l'institut i preguntar per Herr Voss, però ja m'havia arriscat massa i a l'institut em coneixia massa gent. De manera que vaig decidir trobar Frau Reitlinger.

Em va rebre la seva neboda. Frau Reitlinger havia marxat a casa de la seva germana, a Frankfurt.

—Johannes Hulmmer i la seva esposa Inga van ser detinguts. A ell el van penjar —em va explicar aquella dona jove—. Ho sé perquè la meva tieta es va esgarrifar quan es va assabentar. Deia que era bona gent i que no s'ho podia empassar.

—I en sap alguna cosa, d'Inga Hulmmer? —li vaig demanar.

—No hem tornat a saber mai més d'ella. Algú li va dir a la meva tieta que l'havien enviada a un camp de concentració.

Li vaig donar les gràcies i vaig marxar.

Finalment, cansat de donar voltes i de fer preguntes i més preguntes, vaig decidir que el millor era tornar a Viena i començar a buscar Ilse, perquè era impossible seguir el rastre d'Inga. De manera que vaig prendre un tren i vaig baixar a l'estació de Viena.

Barrejat entre la gent, caminava sense saber per on començar. Tal vegada per la que havia estat la nostra llar, pensava. Però, primer havia de trobar un lloc on viure i vaig visitar un parell de pensions. La segona em va semblar prou adient. No era massa cara i me la podia permetre. Només esperava que no se m'esgotessin els diners abans de trobar una nova feina o de rebre els diners de l'exèrcit. Tot el que tenia en aquest món ho duia amb mi.

Al matí següent vaig donar una darrera ullada a l'Statpark. Allà m'hi vaig estar durant força estona, vigilant el portal de l'edifici on Ilse i jo havíem viscut durant més d'un any, abans de decidir-me a entrar-hi i preguntar a la dona que netejava l'escala, que ja no era la mateixa.

—Ilse Psarris? —va fer estranyada—. No hi viu, aquí. Mai no n'he sentit parlar, d'ella.

Vaig marxar i em vaig dirigir a la casa de Laura i Hans. També havia canviat d'amos. Em va rebre una dona, la minyona de l'esposa d'un oficial de les SS.

Tampoc en sabia res. Déu meu! Dos anys semblen una eternitat. Tot havia canviat tant!

Durant dies em vaig bellugar pel veïnat, fins que vaig trobar un vell que em va informar.

—Fa més d'un any que el capità Hans Teschler va marxar. Gairebé dos —em va dir—. A Rússia. La seva esposa també va marxar, amb els seus fills, uns mesos després, quan va rebre la notícia que el seu marit havia mort en combat.

—I on van anar?

—No ho sé.

Desencoratjat per les notícies, vaig caminar perdut pels carrers de Viena. Semblava talment com si, en canviar-me el nom, m'haguessin esborrat tot el passat. Fins i tot podia preguntar-me si de debò Günter Psarris havia arribat a existir, perquè tot el meu entorn havia desaparegut sense deixar rastre.

Què podia fer? Cap a on havia d'anar? Qui em podia ajudar?

Llavors vaig pensar en la universitat i em va venir al cap el rostre de Naumman, el vell investigador que havia estat el meu mestre. Potser ell... Sí, ell coneixia Laura, Ilse i Hans. Seguiria vivint al mateix lloc? Era arriscat, presentar-me a casa seva, perquè em reconeixeria i li hauria d'explicar massa coses, però no hi veia cap més sortida. Fins aleshores havia procurat mantenir-me amb la meva nova identitat i res no havia aconseguit. Si volia trobar Ilse, hauria de jugar-me-la.

Vaig tenir sort i el vell professor encara vivia a la mateixa casa. Si més no, ell no havia canviat. Va obrir la porta i es va quedar mirant-me amb aquelles ulleres que seguien sent les mateixes i que li anaven més petites, perquè s'havia engreixat encara més. Fins que no vaig parlar, ell no va reaccionar.

—Déu del cel! —va fer quan em va reconèixer—. Hauria jurat que vostè era mort. Passi, per favor, passi i segui.

«Tant he canviat?», em demanava. «Tant pot canviar a un home el patiment?». I per la fila que feia, mirant-me amb sorpresa, així devia ser.

La seva esposa havia mort feia uns mesos i ell se sentia molt sol, em va dir. «Tant com jo?», vaig pensar.

—Ha canviat molt —va fer, mentre em servia una copa de vi i m'observava de ben a prop—. Deu haver patit —mormolà—. I aquestes cicatrius... —afegí, assenyalant amb el seu dit índex. Em va donar la impressió que llegia dintre meu.

—Més d'allò que es pot imaginar —vaig somriure —. Però teníem una conversa pendent i he pensat que era un bon moment per venir-hi.

—Sí, me'n recordo —afirmà amb tristor—. Me'n recordo —repetí—. Li vaig dir que li explicaria algunes coses, perquè vostè volia saber si era cert que jo m'hagués retirat o si m'ho havien proposat.

—Així és. Però, abans, voldria saber si té alguna notícia de la meva esposa o de la meva germana.

Respirà fondo i bufà. Després es va treure les ulleres i les netejà amb un mocador que duia a la butxaca.

—De la seva esposa no en sé res. De la seva germana... —bufà de nou. Li costava parlar—. Poc després de la seva detenció, el capità Hans Teschler va ser destinat al front rus. Cinc mesos més tard vaig trobar per causalitat la seva germana Laura. Jo caminava pel carrer i la vaig veure a l'altre costat. Vaig travessar i la vaig aturar. La pobra estava pàl·lida i demacrada. No era la mateixa persona. El seu aspecte era deplorable. Llavors em va explicar que el seu marit havia mort en combat.

—On puc trobar-la?

—Veurà... —s'aclarí la gola—. Jo vaig sentir molta pena per ella i la vaig convidar a dinar. Primer es va negar, però vaig insistir-hi i finalment va acceptar. Tenia fam. Em va explicar que l'havien separada dels seus fills, que havien estat reclamats pels pares del capità Hans Teschler. Els pares del capità Teschler van renegar d'ella i li van posar una denúncia. La seva germana no hi va tenir res a fer. Els tribunals van decidir una sentència en contra seva i ho va perdre tot: fills, casa i pensió, perquè era filla d'un immigrant grec-polonès —es va quedar un instant en silenci—. No s'ofengui, per favor, només li explico els fets. Jo no hi tinc res contra...

—No s'amoïni —el vaig tallar—. Ja veu. El meu pare era polonès descendent de grecs, però a mi m'han vestit amb l'uniforme de les SS, m'han donat un fusell i m'han deixat lluitar pel meu país. Al meu pare, molts anys enrere, també el van vestir de soldat per defensar Alemanya. Quan van mal dades, no fan distincions. Som carn de canó. Espero que algun dia s'acabi aquesta disbauxa i... —vaig deixar la frase penjada. I... què? Com havia de continuar la frase? Què passaria quan tot s'acabés? I com s'acabaria? Qui ho sabia!

—Els aliats avancen per Itàlia, que ha capitulat. L'exèrcit soviètic ha pres Orel, Belgorov i Jarkov. Diuen que ja són gairebé imparables i estem a les portes d'un nou hivern que pot ser pitjor que l'anterior —va dir ell—. Estem perdent la guerra, malgrat Hitler segueix dient que això no és res més que un reagrupament de les nostres forces.

Vaig afirmar amb un cop de cap. En poc temps tot havia canviat i semblava que tots els precs, que havíem formulat tants i tants al camp de Mauthausen, podien esdevenir realitat. A un altíssim preu, evidentment. Llavors, vaig canviar de tema i vaig retornar a Laura.

—Em deia que va dinar amb ella...

—Sí —va fer ell—. Bé! Després em va explicar que no tenia on anar. No duia ni una trista maleta. Li vaig oferir que vingués a viure aquí, amb Hedwig i amb mi, mentre no trobava alguna cosa. Vaig haver d'insistir-hi, perquè ja sap que la seva germana era una dona molt... —i es va quedar buscant la paraula més adient.

—Què vol dir amb això de que era? —em vaig posar en guàrdia.

—Pensava que l'havia convençuda —va continuar explicant, sense respondre la meva pregunta—. Em vaig disculpar un moment per anar al servei i quan vaig tornar, ella ja no hi era. Vaig pagar el compte, vaig sortir de pressa al carrer i la vaig buscar durant una estona.

Finalment vaig veure que s'havia format un grup de gent al voltant d'un camió —va dubtar uns instants, abans de prosseguir, i jo el vaig esperonar amb la mirada—. Em vaig atansar i vaig escoltar que algú comentava esgarrifat que una dona s'havia llençat a les rodes d'aquell vehicle. No vaig poder veure-la, perquè havien cobert el cos amb una manta, però dessota sortia un tros de l'abric. Era el de la seva germana Laura, sens dubte.

Em vaig quedar en silenci, sense reaccionar. Ell es va aixecar, em va posar la mà a l'espatlla i em va dir:

—Ho sento molt. De debò. Sento molt haver-li comunicat aquesta trista notícia. Si puc ajudar-lo en alguna cosa...

—Ja m'ha ajudat —vaig respondre—. Algú m'ho havia de dir i m'estimo més que hagi estat vostè, amb la seva delicadesa, que no pas un funcionari que vomita més que no pas parla —vaig acabar amb ràbia.

—Vol que el deixi sol una estona? —em va preguntar.

Quin gran home! Fins i tot tenia en compte el detall que els homes no desitgem que ens vegin plorar.

—No —vaig negar—. Fa dies que vaig perdre el do de plorar. Ja vaig esgotar totes les llàgrimes a Mauthausen.

—Mala cosa, amic meu. Mala cosa —va dir—. L'home ha estat fet tant pel riure com pel plor i malament quan perd un dels dos, perquè significa que l'odi ha entrat al seu cor.

—L'odi també és un sentiment i ajuda a viure.

221

—Gens recomanable, perquè destrueix l'objecte de l'odi i a qui odia.

—Doncs a mi m'ha mantingut viu.

—Que el cos segueixi caminant, que els pulmons respirin i que el cor bategui, no significa que vostè sigui viu. La vida és alguna cosa més que tot això —negà amb el cap—. Ja sé que escoltar aquestes paraules i acceptar-les, en les presents circumstàncies, no és senzill, però li prego que ho mediti i que miri d'entendre la bogeria que ens envolta. Jo també tinc coses de les que m'haig de penedir i, fins i tot, esgarrifar.

—Vostè? —el vaig mirar estranyat.

—L'última vegada que ens vam veure va quedar una pregunta sense resposta. Ara és el moment de contestar-la —respirà fondo, es va arreglar les ulleres, i va dir—: Durant anys vaig investigar el comportament dels gasos, a la universitat. Mai no m'havia demanat per a què servien els meus experiments. No calia. Simplement em sentia orgullós del que feia per la ciència, fins al dia que vaig descobrir la realitat. Amb el meu treball, estava contribuint a eliminar éssers humans, perquè el resultat dels meus experiments, juntament amb els d'altres investigadors havien de ser aplicats per la destrucció de vides humanes, a les cambres de gas.

—Però vostè, quan ho va saber, es va retirar. No és així?

—No —negà—. Encara hi vaig treballar. No volia perdre el meu lloc ni la meva posició i vaig continuar. Tancava els ulls i seguia endavant. M'enganyava tot pensant que no era jo que aplicava de manera incorrecta el resultat de les meves investigacions —es va quedar en silenci, durant uns instants—. Van ser ells, que em van retirar. I el dia que em van comunicar que ja no els feia falta, que ja el tenien a vostè, em vaig adonar que el meu egoisme havia estat l'arma que ells havien emprat per obtenir de mi uns serveis que ara m'esgarrifen.

—Això significa que jo també hi vaig contribuir —vaig fer.

—Només que vostè no ho sabia i jo sí. Aquesta és la diferència —va fer petar la llengua—. Jo sóc un criminal i vostè no. Jo he mort moltes persones innocents que no es podien ni defensar i vostè, si n'ha mort alguna, ha estat a la guerra. Els russos contraataquen, Leningrad ha resistit tots els atacs alemanys durant més de dos anys, els aliats han desembarcat a Itàlia, ens hem retirat del nord d'Àfrica i la batalla d'Anglaterra no resulta tan fàcil. Tard o d'hora arribaran fins aquí. Amb una mica de sort, ja no hi seré. Hedwig ja no hi és i no hem tingut fills. De manera que no tinc res en aquesta vida i no demano res.

Em vaig quedar callat. Li podia haver explicat que també havia mort una persona innocent, de la manera més salvatge que podia imaginar, però vaig callar. Ara penso que no ho hauria d'haver fet. Per a ell hauria representat una gran ajuda, perquè se'l veia tan abatut i tan trist...

—Si puc ajudar-lo en alguna cosa... —va fer.

—No ho crec pas. Ja n'ha fet prou, per mi.

—Quan va ser el darrer cop que va tenir notícies de la seva esposa? —va insistir-hi. Era un home gran, que havia reflexionat llargament i que ho havia perdut tot. Ara només volia fer el bé—. Deixi que l'ajudi. Em sentiré millor —em va mirar amb un somriure.

Sí, per ell representaria una forma de pagar la seva culpa. Això ho vaig veure de seguida.

—Quan estava detingut a la Gestapo, vaig saber que l'havien duta a un hospital després de clavar-li una pallissa i de torturar-la fins gairebé matar-la. No sé ni quin hospital era.

—Segurament era l'hospital general —va dir, després de pensar-ho durant uns moments—. Hi tinc un bon amic —es va oferir.

—No s'hi emboliqui —vaig negar amb lents moviments de cap—. Podria ser perillós. Oficialment Günter Psarris és mort i ara em dic Ludwig Jurgens. Si em bellugo massa i pregunto per Ilse, algú podria arribar a sospitar.

—Aquest amic és de tota confiança. Em deu grans favors i farà qualsevulla cosa per mi. Ja veurà. Li escriuré una nota —va dir, es va aixecar i va prendre paper i llapis—. El meu amic es diu Walter Humlitz. Li fa arribar aquesta nota i l'atendrà. És un infermer, ja gran, i fa molts anys que hi treballa. Segur que ell en sap alguna cosa.

*** ***

L'endemà al matí em vaig dirigir a l'hospital general. Era un gran edifici de pedra, on hi treballava molta gent. Em van indicar que havia de pujar al primer pis i demanar per l'encarregat de la secció d'oftalmologia. Allà hi treballava Humlitz, i allà vaig haver d'esperar. Tothom anava molt atrafegat amunt i avall. Els casos difícils de soldats que podien quedar cecs els portaven allà. La gran Alemanya victoriosa acabaria plena d'esgarrats, de pobres diables que haurien lluitat per res, per un somni de folls.

Finalment va aparèixer un home d'uns cinquanta-cinc anys, calb, alt i amb ulleres.

—Walter Humlitz? —li vaig preguntar.

—Qui el demana? —em va respondre amb una altra pregunta, mentre no parava d'escorcollar el meu rostre. Es veia d'una hora lluny que no tenia ni idea de qui era jo i que les cicatrius de la meva cara no li feien gens de gràcia.

Li vaig donar la nota de Naumman, se la va llegir i la seva mirada va canviar. Llavors em va fer entrar a un petit despatx.

—Vostè dirà en què puc servir-lo.

—Busco una dona que possiblement va estar ingressada aquí.

—Parenta seva?

—De lluny —vaig mentir.

—Doni'm les seves dades i miraré de buscar als arxius.

Li vaig passar tota la informació. Nom, edat i dia probable de l'ingrés. Dic probable perquè durant la meva estada a la Gestapo havia perdut la noció de tot. Em va dir que tornés dos dies després. Vaig negar amb forts moviments de cap i vaig insistir-hi i li vaig pregar. M'era molt urgent, li vaig dir. I era cert, perquè ja no podia esperar més. Feia dies i dies que tot eren negatives i necessitava una afirmació, encara que només en fos una.

—És vostè molt amic de Naumman? —em va demanar.

—Ell és un gran amic meu —li vaig contestar. Jo no sabia si ho era, d'ell. Però ell, de mi, sí. S'havia portat d'allò més bé, des del dia que el vaig conèixer.

—Vingui demà a la tarda, cap a les quatre. Possiblement ja tindré alguna cosa.

Me'n vaig tornar a la pensió on havia llogat una habitació. Naumman m'havia ofert la seva casa, però jo m'hi havia negat perquè no volia que ell tingués cap mena de problema.

Vaig descansar tota la tarda. Gairebé no vaig sopar i me'n vaig tornar al llit, però no vaig poder dormir. El temps transcorria lentament, lentament, lentament... Tenia els ulls clavats al sostre i recordava amb tota claredat i precisió el dia que em van tancar al calabós. També era fosc, però no hi havia un llit. Em vaig llevar i em vaig atansar a la finestra. Des que vaig estar a la Gestapo, quan dormia sol no ho podia fer amb la finestra tancada. A Mauthausen no hi havia problema, perquè de companyia no me'n faltava. Al contrari, m'havia de treure la gent del damunt. I a Rússia vaig dormir moltes nits a les runes i allà no calia obrir les finestres, perquè l'aire ja entrava pel sostre i podies, fins i tot, contemplar les estrelles.

La finestra de l'habitació que tenia llogada estava oberta, però la son no arribava als meus ulls. Potser perquè aquella tranquil·litat em semblava irreal.

Aquí, als Pirineus, quan em quedo sol a la meva cabana, la tranquil·litat és total i és real. Aquí és l'únic lloc on he pogut dormir amb la finestra tancada.

*** ***

A les quatre en punt, com un clau, vaig arribar al primer pis de l'hospital general, a la sala d'oftalmologia. Humlitz va sortir de seguida i em va fer entrar de nou al petit despatx.

—He trobat la fitxa —em va dir, i el cor em va fer un bot. Gràcies Déu!, vaig estar a punt de cridar—. La van portar dos homes de la Gestapo. Segons la fitxa havia patit un avortament i sagnava molt. Si l'haguessin portat abans, hauríem pogut fer alguna cosa, però...

Juro per Déu que el món, tot el món sencer!, em va caure al damunt i vaig haver de recolzar-me a la paret per no ser-ne jo, el que queia.

—Era alguna cosa més que una simple parenta —em va dir Humlitz, mentre m'ajudava a mantenir-me dempeus. I jo vaig afirmar.

—Podria fer una ullada a la fitxa? —li vaig demanar.

—Si era algú molt important per a vostè, m'estimaria més que no —em va respondre.

—Ho necessito.

—No li aconsello —es negà de nou.

—No s'amoïni. Ja he vist tantes coses que tinc el cor endurit com una pedra.

*** ***

No sé ni com vaig arribar al carrer ni com el vaig creuar. Només sé que em vaig descobrir assegut a un banc, completament perdut i lluny d'allà. Havia caminat estona i estona, sense parar, sense saber ni per on passava ni on anava, sense tenir consciència del temps ni de la distància, completament adormit.

Dos anys pensant que ella podia ser viva: que encara la podia trobar! Dos anys! I ella era morta! Tot aquell temps morta, i jo havia sobreviscut a Mauthausen, a totes les penalitats del món, a un llarg hivern a Rússia i a una ferida que m'havia manllevat mig pulmó, tot pensant en ella, amb la seva imatge viva i present en tot moment, perquè si hagués sabut que ella ja no existia, que mai més no tornaria a veure-la, no hauria aguantat tot el que vaig haver de suportar ni hauria fet tot el que em vaig sentir obligat a executar.

«Si l'haguessin duta abans», m'havia dit Humlitz. «Si l'haguessin duta abans...»

Malparits fills de puta! La van torturar com animals, la van vexar fins a extrems impensables, la van destrossar i la van matar a cops, perquè l'informe era prou clar. Em va costar convèncer Humlitz, que no parava de dir-me que era millor saber només que era morta, però no vaig callar fins que ho vaig aconseguir. I ell tenia raó. Hauria estat millor no llegir aquell maleït informe.

Un informe ben complet. I tant que sí! Amb una fotografia del seu cos despullat i ple de blaus, de cremades i de nafres; i una altra fotografia del seu rostre, aquell que jo havia acaronat amb tanta dolçor i que ara em resultava difícil de reconèixer, perquè tot sencer era una inflor.

Havia tancat la carpeta i li hi havia tornat, a Humlitz.

—Qui era de debò? —m'havia preguntat.

—La meva esposa —li havia contestat. No tenia ni l'esma de mentir.

—Sants del cel! —va exclamar ell, i jo vaig estar a punt de caure—. Puc fer alguna cosa per vostè?

—No —vaig negar lentament—. Ho ha fet tot. Gràcies.

I Naumman deia que l'odi no és bo, que havia d'entendre el que estava passant...

Com podia entendre un crim com aquell?

Perdut pels carrers de Viena, el meu cervell em dibuixava imatges horripilants on es barrejaven dos únics colors: el vermell de la sang d'Ilse i el negre intens del meu odi cap als seus torturadors.

Pobra Ilse! Recordava la meva estada a la Gestapo i intentava apartar aquelles escenes que jo mateix estava construint a la meva imaginació, però no podia, no podia, no podia... Les fotografies era prou clares i evidents. Els animals van fer amb ella tot allò que van voler i més.

Em vaig descobrir assegut en aquell banc i em vaig mirar les mans. Els palmells eren blancs, no tant com la neu, però eren blancs. No obstant això, estaven tacats de vermell, del vermell de la sang que havia vessat quan vaig colpejar el cap d'aquell pobre home, fins ensorrar-li el crani.

Blanc i vermell, vermell i negre. Neu i sang, sang i odi. Odi cap a ells i cap a mi. Odi cap a tot el món!

13.- ELS ÚLTIMS DIES DE VIENA

Em vaig passar tres dies sencers tancat a l'habitació. La dona que regentava la pensió em va demanar si estava malalt. Li vaig dir que no em sentia bé i es va oferir per cridar un metge. Li vaig contestar que era un simple refredat i que ja se'm passaria. Era una bona dona que havia perdut els seus dos fills a la guerra i des que s'havia assabentat que jo tornava del front rus, amb una ferida al cos i moltes a l'ànima, em tractava amb certa deferència. Sempre em demanava si el dinar havia estat bo, si estava content, si l'habitació em plaïa i una infinitat de detalls per fer-me agradable l'estada.

«Paga la pena seguir vivint?», em demanava tot sol, estirat al llit, amb la cortina passada, a fosques, amb els ulls humits i el cor esparracat. «Paga la pena haver viscut?». I la imatge d'aquell pobre home, d'aquell jueu amb cara d'espantat, se m'apareixia a cada instant. Jo era un assassí. M'havien utilitzat de la mateixa manera que es fa amb una eina i m'havien llençat a les escombraries quan ja no els era útil. Aquest era el III Reich. Rudi m'havia proporcionat una altra vida, una altra identitat i una segona oportunitat, però no podia tornar a treballar de físic ni d'investigador ni de professor, perquè ja no tenia cap títol. Només podia treballar d'electricista i no en sabia. Tenia els coneixements adquirits a la universitat, però cap pràctica, perquè mai no vaig aplicar aquella branca dels meus estudis. Si haig de ser sincer, ni me'n recordava. Fins i tot aquest aspecte del meu passat havia mort i molt em temia que estava enterrat. Treballar..? Per què? Per anar tirant? Per anar vivint? No! Sense ella, sense res, la vida no tenia sentit.

El quart dia vaig sortir a caminar una estona. No és que em sentís millor, però alguna cosa havia de fer. Potser cercar feina? No ho sabia. Alguna cosa havia de fer. Sí, alguna cosa havia de fer.

Vaig estar caminant pels carrers de Viena. Sense adonar-me'n, no feia altra cosa que recórrer tots aquells llocs que havia visitat en companyia d'Ilse. I em torturava. Aviat seria Nadal i m'aturava als aparadors de les botigues i em quedava contemplant coses, bocabadat, com un idiota. No sabria dir ben bé què era el que mirava. Potser desitjava escoltar una veu darrere meu, tombar-me i trobar-me-la, a ella. Com si no hagués passat res, com si aquells dos llargs anys no haguessin existit, com si tot no fos altra cosa que un malson del qual havia de despertar. Tanmateix, els miracles no existeixen i la realitat és la realitat. Dura i implacable!

De sobte, sense saber com, em vaig trobar dins d'una botiga, amb una dependenta al davant que m'ensenyava una petita capça amb incrustacions de marfil.

—La pot fer servir de joier —em deia aquella noia.

«De joier...», somreia jo. I la tocava i m'imaginava que ella obriria el paquet i es llençaria als meus braços per fer-me un petó i donar-me les gràcies, perquè a ella aquelles petites capses li tenien el cor robat.

—Sí. Crec que li agradarà —vaig respondre amb un somriure.

—Li embolicaré per regal —em va dir amb el posat de la venedora que sap que ha complagut al client.

Vaig abandonar la botiga amb el paquet a les mans i em vaig deixar engolir altre cop pels carrers, permeten que el corrent se m'endugués cap a on ell volgués.

«Déu meu! Però, què he fet?», em vaig demanar assegut a un cafè, el mateix on vaig conèixer Rudi Hassestein. Com hi havia arribat? No ho sé. Em sentia dins d'una nebulosa grisa, pròpia d'un somni.

El cambrer era el mateix, però no em va reconèixer. El decorat no havia canviat. Jo, sí. I m'havia assegut a la mateixa taula. Havia deixat el paquet damunt la taula i havia demanat dos cafès. El cambrer m'havia preguntat si esperava algú i jo li havia contestat que sí, i després que no. I després que no... A qui podia esperar, si ja no em quedava ningú?

Vaig pagar i vaig sortir. Ni tan sols havia tastat el cafè. Em vaig endinsar en un parc que hi havia a prop d'allà. Vaig estar caminant sense rumb fix i vaig acabar llençant el paquet a una paperera. La meva il·lusió havia durat ben poca estona.

Aquell dia no vaig dinar. Vaig passar per davant d'una església, vaig sentir la temptació d'entrar-hi, però no vaig poder i vaig seguir caminant i caminant. A mitja tarda em vaig trobar davant de l'edifici de la Gestapo, el lloc on la van matar, i allà em vaig aturar.

Tot d'un plegat, algú va passar pel meu costat i es va dirigir cap a la porta. El cor em va fer un bot. Només l'havia vist d'esquenes, però dins la meva memòria seguia ben present el color gairebé albí d'aquells cabells. Era Herbert! I la sang em va pujar al cap.

A prop d'allà hi havia un restaurant. Vaig entrar-hi i em vaig seure a una taula al costat del finestral amb un altre cafè al davant. Vaig estar esperant dues hores. Pensava en aquell porc, el malparit fill de puta que em va apallissar dia rere dia, a cada minut, el mateix cabró que va riure quan m'assabentava que havien portat Ilse a l'hospital, perquè un altre fill de puta tan gran com ell havia anat massa lluny. Vaig demanar sopar i vaig allargar el temps fins que ja era fosc. Tard o d'hora havia de tornar a sortir aquell animal. Però no va ser així.

Aquella nit tampoc vaig dormir gaire. L'endemà, ben aviat, vaig tornar al mateix lloc, però no vaig entrar al restaurant. Encara estava tancat. I em vaig quedar amagat al portal d'una casa deshabitada, procurant que ningú no em veiés. Cap a les nou el vaig veure arribar. Vaig seguir allà durant tot el matí, pensant en tot allò que li faria, com el mataria. Havia de ser lentament, molt lentament, perquè ell fos conscient del que significa patir.

Al migdia el vaig veure sortir i dirigir-se al restaurant. Jo també hi vaig anar i vaig dinar-hi, ben a prop seu. No em va reconèixer. Com m'havia de reconèixer, si a Naumman ja li havia costat una estona? Vaig descobrir que el cambrer el tractava amb familiaritat. Era un client habitual, dels molts que omplien el menjador i que segurament eren companys seus. Per tant, no era el lloc adient per fer allò que la meva ment ja havia començat a planejar.

Va acabar el dinar i va sortir de nou per dirigir-se a les dependències de la Gestapo. Jo també vaig pagar i em vaig tornar a amagar al portal de la casa deshabitada.

Cap a dos quarts de nou del vespre el vaig veure aparèixer a la porta i baixar l'escala. Es va aturar un instant per encendre una cigarreta i va enfilar cap al fons del carrer. El vaig seguir. Es va endinsar en un carreró i va creuar un pati interior. Després va entrar en un altre carreró i va sortir a una avinguda. Quan vaig arribar a la cantonada, vaig tenir el temps just per veure'l desaparèixer per un portal. Aquella era la seva llar.

Llavors vaig desfer les passes i vaig observar el carreró. Era estret i fosc. A mà esquerra hi havia un garatge. La porta estava mig trencada. Segurament estava abandonat i els nens hi devien jugar, perquè havien fet un forat a la part baixa, per on es devien ficar. Em vaig ajupir i vaig intentar esbrinar què hi havia dintre. Vaig encendre un llumí i vaig veure que estava ple de deixalles. No m'havia equivocat. Era un bon lloc.

*** ***

Devien ser les vuit del matí quan vaig arribar a la taverna que hi havia a prop del carreró. Vaig encarregar un cafè, pa i mantega. L'home que hi havia a l'altre costat de la barra em va mirar sense gaire curiositat. De manera que vaig triar una taula i em vaig asseure.

Duia la navalla d'afaitar, la corda i l'esparadrap a una butxaca. A l'altra hi havia ficat el mocador i al cinturó duia la porra que m'havia fabricat amb un tros de la pota d'un llit que havia trobat entre les deixalles. Llàstima que no m'havien permès conservar la Luger P.08 que m'havia regalat Archspiegel, com a record del dia que vaig ingressar de ple dret a l'exèrcit dels assassins. Llàstima!, perquè ja tenia experiència de com s'havia d'utilitzar sense fer gaire soroll.

—Així recordaràs amb orgull aquest moment de la teva vida —m'havia dit aquella bèstia de tinent en forma humana, mentre jo tenia davant meu, estès i mort, el cos de l'infortunat jueu a qui vaig arrencar la vida per poder salvar la meva i trobar Ilse.

Ells em van obligar a fer-ho, malgrat que la decisió final va ser meva. Aquesta no la puc defugir. I mai no ho faré.

L'home del darrere de la barra va venir fins a mi i va dipositar davant meu tot el que li havia demanat. Vaig remenar pacientment amb la cullera dins de la tassa de cafè, per poder desfer el sucre. La venjança és un plat que cal menjar-ho fred. De manera que m'havia assegut a prop del finestral i esperava l'aparició de qui ja sabia. Per primer cop em sentia un assassí i haig de dir que també sentia plaer. No ho negaré pas. Rudi tenia raó. Posa un home en les circumstàncies adients i veuràs el resultat.

A les vuit i vint minuts vaig pagar. I cinc minuts abans de dos quarts de nou, tal com havia previst, s'obrí la porta de l'edifici que jo vigilava i aparegué Herbert, com cada matí. Seguia sent el mateix. No hi havia dubte. Vaig veure com l'amo d'aquell cabell ros clar, claríssim, gairebé albí, es dirigia cap on era jo.

Herbert, el gran Herbert de mirada dura, a qui ningú no se li resistia, amb qui tothom acabava parlant, estava allà, a unes passes de mi. Caminava segur d'ell mateix. Jo el contemplava i somreia tot pensant que semblava, talment, que mai no hagués trencat un plat, en tota la seva vida.

Vaig calcular el temps amb exquisida precisió, com quan investigava a la universitat. Em vaig aixecar i vaig abandonar la taverna per dirigir-me cap a ell i arribar a la boca del carreró en el precís instant que ell hi entrava. Quan ja érem a prop, l'un de l'altre, em va mirar, i jo el vaig mirar, a ell, durant un instant. No em reconeixia, evidentment. Si m'hagués reconegut, s'hauria esgarrifat, hauria tret l'arma i m'hauria mort allà mateix. Vaig somriure per dins. No havia arribat fins allà només per matar-lo, sense més ni més. No l'havia estat seguint des de les dependències de la Gestapo fins a casa seva, i a l'inrevés, durant dies, només per mirar-lo. Quina alegria, quan vaig descobrir que seguia treballant al mateix lloc! Al seu company Kurt no l'havia vist, en aquells tres dies. Però, de fet, amb ell ja n'hi havia prou per venjar-me, per treure'm del damunt tota la ràbia i tot l'odi que havia anat acumulant i guardant.

Herbert era un home metòdic i ordenat. Això ja ho havia pogut comprovar, quan m'apallissava i em torturava. És curiós tot el que arribes a saber del teu torturador. Sí que n'és, de curiós. S'estableix com una mena de lligam afectiu, perquè el contacte és molt estret, i pots dir si és casat o no, què li agrada, què pensa i com viu. I amb Herbert, l'havia encertat de ple. Era solter, possiblement no tenia cap companya i al llit devia ser un desastre. Segur que necessitava torturar per sentir plaer.

Vam arribar a la boca del carreró al mateix temps, ell va entrar-hi i jo darrere. Es va tombar i ja no va tenir temps per a res més, perquè li vaig clavar un cop al cap i va caure mig estabornit. Llavors li vaig embotir tot el mocador dins la boca, el vaig tombar bocaterrosa i li vaig lligar les mans. Tot amb una rapidesa esparveradora. Em vaig ajupir, vaig entrar-hi, pel forat de la porta del garatge, i el vaig arrossegar dintre, on vaig rematar la feina acabant de tapar-li la boca amb l'esparadrap. Ara ja no podria dir res de res.

El malparit encara estava mig idiota per causa del cop. Vaig buscar la corda que havia amagat el dia anterior, que era més llarga i forta, i la vaig passar per damunt d'una biga, tal com havia vist que feien a Mauthausen, amb els braços cap al darrere i cap amunt.

Es va acabar de despertar just quan estirava de la corda i vaig escoltar els seus gemecs de dolor. Vaig seguir estirant fins que els seus peus no tocaven el terra. Llavors vaig lligar l'extrem i el vaig deixar penjat.

Els seus ulls clars ploraven de dolor. Vaig treure la navalla d'afaitar, el vaig agafar pels cabells i me'l vaig encarar.

—Te'n recordes de mi? —li vaig demanar amb un somriure.

Ell, desesperat i espantat, va negar amb forts moviments de cap.

—Sóc un dels teus... convidats —li vaig dir.

Em va mirar sense entendre-hi res. La meva cara no li sonava, en absolut. Segur que, si li hagués destapat la boca, encara m'hauria dit alguna cosa així: «Com vols que me'n recordi de tots?»

—El meu nom és Günter Psarris, per servir-te —vaig somriure—. Gendre de Johannes Hulmmer —li vaig anunciar, però ell seguia sense saber de què li parlava.

Llavors, em vaig penjar de les seves espatlles, fins que un soroll esgarrifós, que per a mi no era cap novetat, i per a ell segurament tampoc, ens va indicar a tots dos que se li acabava de dislocar una espatlla. Em sembla que va ser l'esquerra, perquè va quedar tort, com un sac amb el pes mal repartit.

Ho explico i ho veig com si fos ara mateix, com si el tingués aquí, al davant, penjat pels canells, i sé que en aquell instant jo no sentia res de res, excepte fredor, una fredor absoluta, i odi, un odi immens. No tenia davant meu una persona, sinó un animal, perquè això és el que ell era per mi: una bestiola a la que havia d'escorxar.

—Cunyat del capità Hans Teschler de les glorioses SS —vaig tornar a somriure, i em vaig penjar de l'altra espatlla, fins que la vaig escoltar petar.

El desgraciat volia cridar i s'ofegava. Ara ja em va mirar diferent: esgarrifat, perquè ara ja li sonava un dels noms.

—Germà de Laura Teschler —vaig afegir, i em vaig penjar de les seves cames, fent un salt per tal que el cop fos més fort.

Mai més no podria torturar ningú. I tant que no! Perquè tant ell com jo sabíem que d'allà no en sortiria viu. Va estar a punt d'empassar-se el mocador, però jo no li ho podia permetre, perquè faltava l'anunci final.

El vaig agafar pels cabells i el vaig obligar a mirar-me als ulls. Vaig prendre la navalla i la hi vaig ensenyar. Els seus ulls eren els d'un pobre foll. No volia ni imaginar el que l'esperava.

—Marit d'Ilse Psarris —vaig fer, ben a poc a poc —. I pare de la criatura que duia dintre i que vosaltres vau arrencar-li a cops.

Li vaig tirar el cap enrere i vaig descobrir el seu coll. Només una passada i tot hauria acabat. Tanmateix, ho volia fer lentament, deixant que es dessagnés com un porc i que s'ofegués amb la seva pròpia sang.

Oi que n'era, de senzill? Únicament un petit moviment i li hauria tallat el coll. Un cop ja ets un assassí, que més se te'n dóna!

Però en aquell precís instant, quan només calia un moviment per acabar, em vaig adonar que la mà em tremolava i no m'obeïa. Desitjava fer-ho. Evidentment! No obstant això, dubtava, i dubtava, i dubtava, mentre la mà seguia tremolant.

De sobte un soroll em va alertar. Algú obria la porta del garatge. Com era possible, si semblava abandonat?

—Què hi fa aquí? —vaig escoltar que feia una veu.

No vaig tenir temps per res més que empènyer l'home que acabava d'aparèixer i sortir esperitat cap al pati, el vaig creuar i vaig seguir corrents i corrents pels carrers, fins que em vaig adonar que estava cridant l'atenció. Llavors vaig seguir caminant amb normalitat, malgrat que el meu cor anava a cent per hora i la meva respiració em delatava, perquè havia d'obrir la boca per poder omplir el pulmó i mig que em quedava. De mica en mica em vaig refer i vaig poder pensar.

Merda! No l'havia mort. Per què? I ara ell sabia que jo era viu. Havia de pensar ràpid. No trigarien gaire a perseguir-me i a buscar-me per tota Viena. Tenia tots els meus diners a la butxaca, perquè mai no els deixava a la pensió. L'única cosa que podia fer era fugir d'allà. Cap a on? Ni ho sabia. Només sabia que Viena s'havia acabat per a mi.

Em vaig dirigir a l'estació. Mirava la gent i tenia la sensació que tothom em mirava a mi. Vaig passar per davant de dos SS i vaig acotar el cap. Allà vaig comprar un bitllet per al primer tren que sortia. Es dirigia a l'oest, cap a Salzburg. Ja m'estava bé!

I una hora després, assegut en un vagó de tercera, vaig deixar enrere el meu passat.

14.- EL FINAL DEL CAMÍ

—Guimu, Guimu... —vaig escoltar aquella veu llunyana que semblava sorgir de les profunditats del meu somni.

Vaig obrir els ulls i vaig sentir l'escalfor del foc a la cara, mentre la manta em cobria el cos i aquell home em mirava amb interès. Era moreno, amb la pell plena de línies que el sol havia anat dibuixant al llarg dels anys. Parlava una llengua estranya, que no era capaç d'identificar. Em feia preguntes, que jo no era capaç d'entendre ni de respondre. Llavors, em va assenyalar amb el dit índex i va fer:

—Guimu.

Vaig comprendre que ell s'imaginava que aquest era el meu nom, perquè després s'assenyalava ell mateix i em deia:

—Paco —afirmava amb el cap. Després assenyalà un gos d'atura, pelut, que s'estava allà estirat, a un parell de metres més enllà, a la porta de la cabana—. Crac —em va dir.

—Crac —vaig fer. Era el gos, vaig somriure, per fer-li veure que l'havia entès—. Paco —el vaig assenyalar a ell—. Paco —vaig repetir.

—Guimu —em va assenyalar a mi.

—Guimu —vaig dir jo.

Quina conversa! Guimu. No estava gens malament. L'última cosa que recordo és que caminava per aquelles muntanyes, que nevava, que feia un fred horrorós i que jo no parava de repetir Guimu, Guimu, Guimu... i seguia caminant, fins que tot es va fer fosc i el món va deixar d'existir. Segurament, quan em va trobar, jo encara devia recitar: Guimu, Guimu, Guimu...

Paco em va oferir formatge i pa. Estàvem dintre d'una cabana. Em vaig refer un xic i els pensaments es van poder ordenar per ells mateixos. Ni recordava el temps que feia que havia sortit de Viena. Encara em devien estar buscant. Vaig aconseguir arribar a la frontera amb Suïssa, però era impossible travessar-la. Massa vigilància. Portava dies i dies per aquelles contrades, pels Alps. Havia robat a les granges per poder sobreviure i penso que va ser un vertader prodigi, perquè, malgrat que em falta mig pulmó, vaig ser capaç d'aguantar la llarga caminada. No era pas per casualitat

244

que havia rebut un gran entrenament. Primer a Mauthausen i després a Rússia. I el meu cos estava habituat a ignorar el dolor, que ja formava part de mi, com si representés una característica que m'era pròpia.

Vaig estar fugint cap a l'oest i buscant un punt per on crear la frontera, però no el vaig trobar i vaig acabar en territori francès. Allò encara va ser pitjor, perquè el meu francès, a més de limitat, era horrible, terriblement gutural i, per tant, no podia enganyar ningú, perquè no parlava altra cosa que no fos alemany, una mica de polonès, paraules de grec i alguna expressió en rus. La pregunta immediata per a qualsevol era què hi feia jo allà, i em miraven amb recel.

Vaig haver de fugir de més d'un poble i vaig seguir caminant cap al sud, cercant la calor. Tanmateix, cada cop feia més fred. Jo no era d'enlloc, no pertanyia enlloc i no em dirigia enlloc. No sabia com anava la guerra, no tenia ni idea de si els aliats seguien atacant Itàlia o si havien hagut de retirar-se, si els russos avançaven o si tota aquella contraofensiva era una flor d'estiu. Per mi la guerra s'havia acabat i quedava ben lluny. Davant meu s'alçaven unes muntanyes altes i estava convençut que darrere hi trobaria la pau.

No vaig matar Herbert. No, no el vaig matar. No vaig poder. Això és el que va passar: que no vaig poder. Si no hagués pronunciat el nom d'Ilse, segur que li hauria tallat el coll, però la seva imatge me n'havia portat d'altres, que van arrencar de ben dins del meu cor. L'únic instant que vaig deixar de pensar en ella va ser quan em dirigia cap al pobre jueu amb la Luger a la mà. I vaig apartar qualsevulla imatge que me la recordés, perquè estic convençut que, si arribo a pensar en ella, potser hauria passat el mateix que amb Herbert i llavors no l'hauria mort i no hauria aconseguit sortir d'aquell infern. L'única disculpa que tinc, i tampoc serveix per tapar el meu crim, és que jo no sabia que ella era morta.

No vaig matar Herbert, perquè llavors, en un instant, en un esclat de llum, vaig descobrir la realitat d'aquest món. Aquesta és la vertadera raó per no tallar-li el coll. En aquell precís instant em vaig adonar que la venjança és una llarga cadena que ens empresona. Per culpa de l'odi i l'afany de revenja de Hitler havien mort milions de persones; per causa d'aquell afany de venjança jo era un assassí i una de tots aquells milions de vides manllevades em pertocava a mi, únicament a mi; i per l'afany de venjança de Rudi, que odiava al psiquiatre Joseff Bauss, havien mort Ilse, els meus sogres i el pobre Walter. I després, curiosament, m'havia salvat. Com podia odiar-lo, si ell no era conscient de res del que havia succeït? Quanta gent ha de morir pel nostre afany de revenja? Aquesta era la pregunta. Si jo matava Herbert, quants més moririen? Quantes Ilse, quants Johannes, quantes Inga i quants nois joves i innocents com el pobre Walter? Naumman tenia raó: l'odi i la venjança no són bons consellers, perquè les conseqüències poden ser imprevisibles i poden afectar les vides de molta gent innocent. No és això el que havia passat amb Rudi? Una decisió presa per ell havia canviat moltes vides. Massa vides! Per tant, algú havia de trencar la llarga cadena i alliberar-se. I jo la vaig trencar i vaig fugir.

Els dies següents de la meva arribada als Pirineus, al costat espanyol, al vessant català, em vaig anar refent i recordo que vaig acabar assegut a l'església, a la petita capella de Martinet.

No hi havia ningú, només Déu i jo. Per primer cop en tots aquell temps, Ell i jo, cara a cara. Tard o d'hora ens havíem de trobar!

Allà, en la penombra càlida i plena de pau, em vaig demanar quins són els paràmetres més adients per mesurar l'estupidesa humana. I la veritat és que la resposta no és simple. És evident que hem après del passat, però encara és més evident que hem après a destruir-nos cada cop millor, amb més passió i amb millors tècniques. Llàstima que no hem après, paral·lelament, a conviure! I jo, l'única cosa que volia, des del primer dia de la meva existència, era viure en pau, poder bastir una llar, veure com els nostres fills creixien i esdevenien homes i dones, com tots plegats ens ajudàvem i convivíem. I la realitat ha esta tan diferent...

Hem dibuixat línies damunt de papers, que són mapes, i hem dit que són fronteres. El meu avi era grec, el meu pare polonès, jo alemany, el meu fill, si hagués nascut, seria austríac i jo, ara, estic vivint en un poble català dels Pirineus. A quines fronteres pertanyo? He estat presoner dels alemanys i dels austríacs, he lluitat dins les files de l'exèrcit alemany, he conviscut amb polonesos, txecoslovacs, russos, hongaresos, espanyols, francesos... D'on sóc jo? Sóc d'algun lloc en concret? Sóc l'etern immigrant? Per què, si he nascut en aquest món?

Günter Psarris és mort. I amb ell van morir totes les meves il·lusions, totes les esperances i tot un futur que havia dibuixat amb amor. Ludwig Jurgens també és mort. I jo...?

He caminat per un bon tros d'Europa amb un fusell a la mà. Què hi feia?, em demano. Per què lluitava? O per a qui lluitava? O amb qui lluitava? O a qui obeïa? Tant se val!

Jo em sento apàtrida i ciutadà del món, tot a l'hora. Em sento d'aquí i d'allà, i d'enlloc. També tot a l'hora. Miro una bandera i no veig colors, sinó tristor, perquè descobreixo el fanatisme que es pot amagar darrere d'unes ratlles o d'unes franges o d'un símbol que prenem per etern i per la veritat absoluta. Tant costa respectar-nos els uns als altres? Tan difícil és mirar els altres i veure-hi només éssers humans?

En aquest anys, que he passat aquí, en un país que també ha patit una guerra terriblement cruel, he après que en lloc d'obrir-nos, ens tanquem, construïm fronteres artificials i no ens adonem que cada cop que dibuixem una nova línia damunt d'un mapa som més i més petits.

Rudi deia que la cobdícia és la suma de temps i de por. I què és qualsevol defecte, sinó el mateix? No és la violència la suma de temps i de por? Quan més violents ens tornem, més por tenim. Aquí, en aquestes contrades, hi ha pau. En Paco no necessita dir-me res per oferir-me tot el seu ajut. Ja no sé si podria tornar a viure a ciutat, malgrat que quan baixo a Martinet la gent és amable amb mi. Guimu, em criden. I jo responc. Guimu el pastor. Guimu el bon home. Em demano si pensarien el mateix i si em tractarien igual, si coneguessin el meu passat i si sabessin que tinc les mans brutes de sang. Llavors, tal vegada, em mirarien horroritzats i fugirien del meu costat. Aquí dalt el temps ha deixat d'existir. Per això tinc pau.

En els primers temps d'estada en aquestes contrades, quan iniciava el meu recorregut al llarg del passat, vaig arribar a maleir tot aquell que pren una bandera i l'enlaira a la categoria de símbol sagrat, guàrdia i custodi de valors que, en moltes ocasions, no són altra cosa que fum, mentides que serveixen per tal que alguns obtinguin el poder.

Sí. Vaig maleir a qui obliga una altra persona a prendre les armes sota l'excusa de defendre una nació, quan només busca la defensa dels seus interessos particulars. I ara em fan pena, perquè són éssers carregats de por o ments esgarrades que pretenen crear un món a la seva mida, perquè no són capaços de lluitar per comprendre i per ajudar a construir. Veuen en la destrucció el germen d'un nou temps. El seu temps.

Vaig maleir totes les ideologies que busquen convertir la gent en ramat i fanatitzar-les, amb l'únic propòsit de fer-se amb el poder i dominar i doblegar i intentar enlairar-se per damunt dels altres, quan resulta que tots plegats som iguals.

Quina diferència hi ha entre un berlinès de l'est i un de l'oest?, també em demano ara. Molts d'ells, fins i tot són parents. Tanta és la distància que separa Sopron a Hongria d'Eisendstat a Àustria? Jo diria que per més fronteres que hi hagi, segueixen sent vint quilòmetres. I no passa el mateix amb Nice a França i San Remo a Itàlia, o Irun a Espanya i Saint Jean de Luz en territori gal, o Petric a Bulgària i Serrai a Grècia, o Imatra a Finlàndia i Vyborg a Rússia, o...?

Quants exemples més es necessiten per descobrir l'estupidesa humana?

Vaig maleir tots els sentiments racistes i les estúpides il·lusions que fan creure algú que és per damunt dels altres, només perquè disposem d'un color diferent de pell, de cabell, d'ulls, o tenim una estatura diferent o una suposada intel·ligència superior o qualsevol detall absurd. Mirar d'eliminar una raça és manifestar la nostra debilitat, perquè matem per por. L'assassí sempre és el més dèbil, malgrat que acaba viu i la víctima morta, però la seva mort no és la nostra conquesta, sinó la nostra derrota.

També vaig maleir a tots aquells que es mantenen separats per causa d'una llengua, perquè en el món de les idees, si hi ha bona voluntat, no existeixen fronteres lingüístiques. Aquesta gent que m'ha acollit n'és la prova més evident.

Vaig maleir mil coses més i, fins i tot, em vaig maleir a mi mateix, per haver nascut, perquè no vaig ser capaç de morir amb dignitat i perquè vaig matar a qui menys s'ho mereixia, si és que puc ser jutge d'alguna acció. Em recordo a mi mateix, amb aquella Luger a la mà i em veig cagat de por. Un gran covard. I això que jo el vaig matar, però ell era molt més fort que jo, perquè en el darrer instant vaig haver de tancar els ulls, mentre que ell em mirava. Sí, em mirava i em demanava: per què? I jo no tenia resposta. No volia tenir-la. Com podia dir-li: ho faig perquè tinc por, perquè sóc un covard i perquè...?

I em vaig maleir mil vegades, durant dies i dies, mesos i anys, fins que vaig descobrir que per aquell camí moriria maleint i odiant, quan hauria de morir donant gràcies per haver viscut, per haver après i per haver estat perdonat, malgrat que no vaig fer allò que havia d'haver fet.

Llavors vaig ser conscient que seguia viu i que dins meu, malgrat totes les desgracies i les pèrdues, havia viscut moments de vertadera felicitat i que pagava la pena haver viscut només per haver conegut i per haver estimat Ilse. Un sol instant de felicitat ja és una eternitat. I tot el meu odi acumulat durant anys, i tot el foc que em cremava, va desaparèixer dins la capella de Martinet, gairebé a fosques, quan vaig decidir seguir el consell de mossèn Pere i escriure aquest relat. Aquell dia, per primer cop, vaig aconseguir dormir amb la finestra tancada. Ja no tenia por.

És magnífic pujar dalt de tot de la muntanya i contemplar les valls. És una experiència impagable ser al costat de Paco i no haver de parlar. Ell sap que les seves ovelles donaran llana, llet i carn a la gent. Tots plegats formem part d'aquest món que ens entestem a destruir. Sort que la natura és més intel·ligent que no pas nosaltres! I al final acaba guanyant ella i nosaltres aprenem que la vida és sagrada i l'odi representa la porta de la desfeta, perquè qui odia acaba derrotat.

Només espero que el món, aquest món que he deixat fora, que he oblidat i que gairebé havia rebutjat, tot tancant-me en aquestes muntanyes i envoltant-me d'odi i d'afany de revenja, hagi canviat i hagi après dels grans errors que hem comès.

Així ho espero i així ho desitjo de tot cor. I sobretot desitjo que tots plegats deixem de tenir por i comencem a viure. Només demanaria que, quan m'arribi l'instant final, sigui conscient i pugui dir: he viscut. Si així és, haurà pagat la pena viure tot el que he viscut i, tal vegada, mori amb un somriure als llavis. Llavors serà el senyal que indica a tothom que he perdut la por.

EPÍLEG

A començaments de novembre, a aquelles alçades dels Pirineus, el termòmetre baixa. El doctor Salvador Alzina es tragué les ulleres i es fregà els ulls. Un metge, al llarg de la seva vida professional, s'ha d'enfrontar a moltes situacions dures; un metge, amb un xic d'experiència, n'ha vist moltes; i un metge, que ha parlat amb molts pacients, coneix detalls de l'ànima humana que l'haurien de vestir d'una capa que li permetés caminar per la vida contemplant i no pas involucrant-se. Si més no, això és el que ell pensava abans de llegir el relat de Günter Psarris.

S'aixecà lentament i entrà a la cabana, dipostà el manuscrit damunt la taula i s'assegué a la cadira, al costat d'en Guimu, del pastor de Martinet.

No va dir res, no pensava, simplement resava. Feia anys i panys que no recordava que Deu existeix. La pregunta era: quin Deu existeix? O, millor dit: com és Deu? O encara: a qui pertany Deu? Perquè la història demostra que tots plegats patim l'urc de creure que el nostre deu és el bo, que la nostra creença és la vertadera, que la nostra cultura és superior, que la nostra llengua està per damunt de les altres, que nosaltres som els escollits, que som els amos de la nostra terra. I Guimu havia arribat a dominar la seva vida, perquè va aconseguir viure en pau i morir en pau. Com Paco i com Piu. Així reflexionava el doctor Alzina.

No resava per Guimu. El pastor de Martinet no ho necessitava. Segur! Resava per ell mateix, per tots els doctors Alzina, per tots els Josep, per totes les Maria, per tots els Lluís i per tots els que encara no hem estat capaços de veure persones dins de les persones. Per tots els que fem distincions de colors, sense tenir en compte que quan parlem d'éssers humans hauríem de patir daltonisme, que els ulls van ser fets per mirar i per contemplar, i no pas per comparar ni per jutjar.

El seu pare va lluitar amb els republicans, va haver de marxar lluny i va tornar. Tenia raó Guimu. Les fronteres ens tanquen, enlloc de concedir-nos la llibertat. Europa camina cap a la unitat. Potser perquè hem après de la història i sabem que el món és un i no pas una munió de races, de religions, de creences, de formes i més formes de tancar-nos en nosaltres mateixos.

Sospirà llargament i agafà la mà del pastor que havia mort amb un somriure als llavis.

—Gràcies, Guimu —va fer.

I en aquell precís instant la llum que entrava per la porta s'escapçà. Es va tombar i una ombra aparegué retallada a contrallum.

—Aquí el teniu. Aquest és el nazi —va escoltar que feia la veu de Lluís.

Dos mossos d'esquadra van entrar seguint Lluís. Van saludar al doctor. El coneixien.

—Qui ho anava a dir! Guimu un nazi —va fer Josep.

El doctor s'aixecà de la cadira, es dirigí a la taula, va prendre el manuscrit, el va passar a Lluís i va dir:

—No era un nazi. Era un home extraordinari que tenia Déu al seu costat.

—Però, què dius?

Salvador Alzina va agafar el bastó que hi havia al costat de la porta, va sortir i va escriure al terra "G.I.M.U.", mentre deia:

—*GOTT ITS MIT UNS*. Déu és amb nosaltres.

Lluís va mirar el terra i repetí:

—*GOTT ITS MIT UNS*... Guimu! —va fer, de sobte—. D'aquí ve el seu nom. Perquè era alemany!

—No —negà de nou el doctor Alzina. Va mirar Lluís i somrigué—. Era un simple immigrant. Una persona que tenia molt clar que tots plegats som ciutadans del món, que no hi ha races ni colors ni

255

creences ni religions ni ideologies ni cultures que estiguin per damunt de l'ésser humà, i que ens hem d'ajudar i no pas matar. Va ser un home que respectava la vida, malgrat que va acabar amb les mans brutes de sang.

I va començar a caminar cap a la vall, mentre respirava l'aire del migdia.

Guimu, descansa en pau!

ALTRES OBRES D'ALBERT SALVADÓ

Si heu gaudit amb la lectura, potser us interessi conèixer altres obres d'Albert Salvadó, totes disponibles en format de llibre electrònic.

L'INFORME PHAETON

Aquesta no és una novel·la normal. Si la comenceu, heu d'acabar-la. No perquè ho digui l'autor, sinó perquè, potser, no podreu deixar-la fins a tancar l'última pàgina.

A través d'un relat ple de misteri, un escriptor troba una explicació alternativa a tot el que ens han explicat, que mou el seu interior i li obre les portes d'un món fascinant, fins a conduir-lo a un descobriment demolidor que ho canvia tot: el Diluvi Universal el vam provocar nosaltres mateixos, l'ésser humà. No va haver-hi cap intervenció divina. I ho demostra.

Diu la llegenda dels indis Hopi: «L'explosió demogràfica, la multiplicació de les mega-polis i dels transports aeris van fer que l'Home no es conformés únicament amb la creació... sempre desitjava més i més. No deixava de produir fins i tot el que no necessitava i com més tenia, més en reclamava.»

De quines «mega-polis» i de quins «transports aeris» parlaven? Perquè la llegenda Hopi té segles i segles d'antiguitat.

Per altra banda, hi ha un mínim de 83 relats i llegendes que parlen d'un gran cataclisme i de muntanyes d'aigua que ens van caure al damunt. I tots aquests relats parlen d'un home previsor, que en el nostre cas va ser Noè. Però cada regió té el seu salvador particular: Nata, Ouassou, Montezuma, Manu, Bergelmir, Yima, Nan-Choung i molts més Noè repartits per tota la geografia mundial.

La piràmide de Kheops... Només és una tomba per a un faraó? Realment va ser construïda per Kheops?

I, per si fos poc, hi ha un llibre silenciat i apartat de la Bíblia, anomenat el Llibre d'Enoc (un dels patriarques bíblics) que parla sense embuts d'experiments genètics, naus, estacions orbitals...

Davant de tot aquest desplegament d'informació silenciada, el protagonista d'aquesta misteriosa història es demana: El que ens han explicat és la veritat? I el que és més interessant: Les llegendes són només llegendes o són crits d'un passat que ens implora que no l'oblidem?

L'ENIGMA DE CONSTANTÍ EL GRAN

L'emperador Constantí el Gran és una de les figures més impressionants i controvertides de la història universal.

Les seves decisions són un vertader enigma que aquesta obra desvela magistralment. La seva vida és una infinitat de lluites i conquestes, amistats i odis, amors i desamors, grandeses i misèries, nobleses i crims, enganys i traïcions. I ell, des de la humilitat de l'home que s'enfronta a la seva mort, fa balanç de tot.

Va ser l'últim dels grans emperadors. Fill bastard de Constanci Clor, va unificar l'Imperi romà per última vegada, va concedir la llibertat als cristians, va crear el primer exèrcit mòbil, va instituir la moneda única (el Solidus, vertader precursor de l'Euro), va fundar Constantinople, va assassinar amb les seves pròpies mans... i va viure un gran amor amb Minervina, la seva primera esposa.

Submergir-se en la vida de Constantí és reviure una època increïble i descobrir el gran misteri de les seves decisions, aparentment absurdes i contradictòries i, malgrat tot, carregades d'una lògica sorprenent i implacable que Albert Salvadó ens dibuixa amb pols ferm i mà mestra. Una obra que mai s'oblida i que va merèixer ser finalista en el I Premi Néstor Luján de Novel·la Històrica.

ELS ULLS D'ANNÍBAL

Obra guanyadora del «PREMI CARLEMANY 2002»,

A la Roma dels primers temps la dona no tenia cap dret: era considerada una propietat i el matrimoni només era un contracte per tenir fills. Tot i així, en privat, la dona esdevingué el suport de l'home i el centre d'un poder silenciós i secret que va influir en les grans decisions.

Aquesta és la història d'Ariadna, una dona d'ulls foscos i misteriosos com la nit, i de Sinesi, el filòsof que era capaç de llegir als ulls dels altres i despullar les ànimes i que va descobrir que Ariadna guardava al seu interior tot un univers, ocult darrere del misteri de la seva mirada.

Una història en què l'amor amb majúscules s'uneix a les quatre derrotes consecutives, també amb majúscules, que Roma va patir a les mans del gran Anníbal. I tot per causa d'uns ulls.

També és la història de Publi Corneli Escipió, que esdevindrà el més gran dels generals romans, que va aprendre que els ulls són la porta que ens permet contemplar l'ànima i atrapar els sentiments de qualsevol.

El nom d'Anníbal ha passat a la història de la mà dels elefants, però un cop hagueu llegit aquesta obra, és possible que substituïu els paquiderms per alguna cosa molt més petita i infinitament més poderosa.

EL MESTRE DE KHEOPS

Obra guanyadora del PREMI NÉSTOR LUJÁN DE NOVEL·LA HISTÒRICA.

Aquesta és la història de l'època del faraó Snefrú i de la reina Heteferes, pares de Kheops, el constructor de la major i més impressionant de les piràmides. També és la història de Sedum (un esclau que va arribar a ser el mestre de Kheops), del summe sacerdot Ramosi i del naixement de la primera piràmide.

Sebekhotep, el gran savi d'aquells temps, deia: «Tot està escrit a les estrelles. La major part de nosaltres vivim sense ser conscients d'això; alguns són capaços de llegir en elles i veure-hi el destí; però molt pocs aprenen a escriure sobre elles i poden canviar el destí».

Ramosi i Sedum van aprendre a escriure i van intentar canviar els seus destins, però la seva sort va ser molt desigual. Vet aquí el relat de l'enfrontament de dues intel·ligències: una lluitava pel poder i l'altra per la llibertat.

UN VOT PER L'ESPERANÇA

Segons les profecies de Sant Malaquies, Benet XVI, el papa actual, és el penúltim. El pròxim serà l'últim.

«Un vot per l'esperança» comença just quan acaba de morir el pontífex, el conclave s'ha reunit per triar el successor i, de sobte, a la plaça de Sant Pere s'alcen veus que criden «Fumata blanca, fumata blanca!». Entre la multitud, Mario Darino, periodista que creu dominar els amagatalls del Vaticà, es queda petrificat en conèixer el nom que ha triat el nou papa: Pere II. En vint segles, cap altre papa s'havia atrevit a adoptar-lo.

A partir d'aquest instant Mario Darino viu una experiència increïble. La seva vida fa un gir de cent vuitanta graus i es veu immers en una perillosa trama d'interessos polítics i econòmics a la que no són alienes les intrigues que s'alimenten darrere dels mateixos murs del Vaticà, on sovint l'afany de poder s'amaga sota un mantell de religiositat.

La història està infestada d'exemples, i tot es precipitarà quan comenci a prendre cos la profecia de sant Malaquies, que vaticina que l'últim papa tindrà per divisa Petrus Romanus, portarà per nom Pere II i durant el seu pontificat tindrà lloc el judici final.

UNA VIDA EN JOC

Durant la Setmana de la Novel·la Negra de Barcelona 2009, "Una vida en joc" va ser qualificada com una novel·la Negra plena de colors. La raó és que en ella es donen cita elements que permeten classificar-la com a novel·la negra, de misteri, costumista, històrica i romàntica.

El protagonista és Víctor Pons, que treballa com a cap de seguretat del casino de la Rabassada, que es va inaugurar a Barcelona amb tota la pompa el 15 de juliol de 1911 i que tenia la pretensió de convertir-se en l'emblema de la ciutat. Això és un fet històric. I només va durar un any. Això és un altre fet històric.

Com a responsable de seguretat del casino, Víctor es veurà enfrontat en tota la seva cruesa a la cobdícia i la bogeria que generen les taules de joc, però també serà allí on trobarà l'amor de Carla Torres, una jove burgesa.

La mort en estranyes circumstàncies d'un client d'origen italià, provocarà que Víctor hagi de fer ús de tots els seus recursos per evitar un escàndol, per la qual cosa fa desaparèixer el cos. No obstant això, el que en principi semblava un suïcidi resultarà ser un assassinat i Víctor es veurà embolicat en una trama policíaca, complicada per l'amenaça mafiosa, que l'obligarà a tirar dels fils d'allò que s'ha succeït, sense adonar-se que hi ha una vida en joc: la seva.

EL RAPTE, EL MORT I EL MARSELLÈS

Obra guanyadora del "Primer Premi Sèrie Negra 2000" de Planeta.

Pot un bebè desaparèixer d'una clínica en menys de dos minuts? Possiblement. Però, davant dels ulls de tothom...? Sense que l'hagin perdut de vista ni un instant...? Això ja és molt més difícil.

Pot un home morir ofegat en la seva banyera amb l'estómac ple de somnífers? Possiblement. Però, sense que ningú l'hagi vist Arribar ni hagi sentit res, malgrat que hi havia gent a la casa...? I com hi va entrar? Ah!

Què hi té a veure un fet amb l'altre? Quin embolic!

Aquestes i moltes altres preguntes són les que ha de respondre Àlex Samsó en una aventura que comença d'una forma casual i, a poc a poc, esdevé un misteri constant. Però la major sorpresa no és el misteri, sinó un altre personatge més que curiós: el Marsellès.

Les explicacions sempre existeixen, però per trobar-les cal una ment capaç de fer que dos i dos sumin quatre, malgrat que de vegades sembla que les matemàtiques fallen i tothom acaba creient que dos i dos són cinc o tres.

Albert Salvadó, amb l'habilitat que el caracteritza, ens ofereix un nou misteri que ens manté subjectes i ens fa ballar el cap fins que apareix la solució.